AF284985

Damals war es Ali

Ian Menj

Nachdruck oder Vervielfältigungen, auch auszugsweise, bedürfen der schriftlichen Zustimmung des Autors.

Herstellung und Verlag:
BoD – Books on Demand, Norderstedt
ISBN 9783754340684
Coverbild: Levent Kına
Coverdesign: Erman Doğan
© 2022, Ian Menj

Als die Nazis die Kommunisten holten, habe ich geschwiegen; ich war ja kein Kommunist.

Als sie die Sozialdemokraten einsperrten, habe ich geschwiegen; ich war ja kein Sozialdemokrat.

Als sie die Gewerkschafter holten, habe ich geschwiegen; ich war ja kein Gewerkschafter.

Als sie mich holten, gab es keinen mehr, der protestieren konnte.

Martin Niemöller

Alle Geschehnisse, Orte und Personen in diesem Roman sind fiktive Erfindungen des Autors und haben keinen Bezug zur Wirklichkeit...

... vielleicht aber doch!

I

Es war zwar nicht wirklich spät, aber für jemanden wie ihn spät genug, um bestraft zu werden. Jemand wie er. Das hatte er sich schon immer gefragt. Warum war es so entscheidend, jemand wie er zu sein? Bei der Jobsuche, beim Elternsprechtag in der Schule, in der Straßenbahn, ja sogar beim banalen Anstellen an einer Schlange beim Einkaufen war es ausschlaggebend, ob man jemand wie er war oder nicht. Er empfand es daher immer als schwierig, jemand wie er zu sein. Das war nicht einfach. Ständig musste er sich rechtfertigen und argumentieren, warum er so war, wie er war und warum er nicht doch anders war. Oder eben, weil er anders war, musste er sich erklären.

Er rannte so schnell er konnte. Dabei versuchte er auf dem Schnee nicht auszurutschen. Er bog er in die Gasse ab, in der er mit seiner Familie wohnte. Die Gasse war stets dunkel. Einige Straßenlaternen funktionierten nicht mehr. Lange wurde hier nichts mehr repariert. Das war den Bewohnern aber inzwischen egal. Sie wollten nur in Ruhe gelassen werden, frei von Angst und Hoffnungslosigkeit.

Die Haustür unten war offen. Ohnehin war sie nie abgeschlossen. Ali und seine Familie wohnten im 5. Stock. Leise und mit langsamen Schritten ging er die Treppen hoch zur Wohnungstür. Denn nicht alle Nachbarn waren freundlich. Vor allem wollte er um diese Zeit nicht draußen gesehen werden.

Er klingelte an der Tür und Sara machte ihm die Tür auf. Sie war seine acht Jahre alte Schwester. „Ali ist da…", schrie sie in die Wohnung hinein, um ihren Eltern seine Ankunft mitzuteilen. Dann ging sie auch schon wieder auf ihr Zimmer. Während Ali sich die Schuhe auszog, kamen seine Eltern an die Tür.

„Ali, nicht schon wieder!", sagte sein Vater Noah mit leiser Stimme. Dabei schaute er nach draußen, ob sie jemand hörte oder sah.

„Tut mir leid, es war Gleichstand und wir konnten das Spiel nicht einfach so beenden. Wir wissen ja nicht, wann wir wieder auf dem Platz bolzen können. Also musste es einen Sieger geben und wir haben solange weitergespielt, bis ein Tor fiel."

„Golden Goal?"

„Ja!"

„Und, wer hat getroffen?"

„Pedro, wie immer."

„Tja…"

Ali spielte für sein Leben gern Fußball. „Für sein Leben" war fast wörtlich gemeint, denn obwohl seine Eltern ihn mehrmals ermahnten, vor Einbruch der Dunkelheit, vor der Ausgangssperre zu Hause zu sein, kam er wegen des Fußballspielens oft zu spät. Mal war es die Nachspielzeit, mal ein kaputter Ball, der ersetzt werden musste. Nach den Spielen rannte er stets direkt nach Hause. Bisher wurde er nur ein paar Mal von Beamten erwischt, weil er zu spät nach Hause kam. Aber meistens ging es gut aus. Vielleicht übertrieben seine Eltern auch nur, dachte er sich.

Sara machte sich schon bettbereit. Sie war sehr aufgeregt. Wahrscheinlich würde sie kaum schlafen.

Sie freute sich nämlich auf ihr neues Fahrrad, dass sie morgen bekommen würde, denn morgen fand das Ramadanfest statt.

Auch Ali war aufgeregt, aber nicht nur er. Seine Eltern, ja die ganze Gemeinschaft war aufgeregt, denn zum ersten Mal fiel das Ramadanfest genau auf den ersten Weihnachtstag. Zwei große Feste der zwei großen Weltreligionen am gleichen Tag. Ali empfand dies als geschichtsträchtig, denn das passierte ja nicht alle Jahre. Der islamische Kalender richtet sich nach dem Mond und hat daher nur 355 Tage im Jahr. Somit verschiebt sich der Ramadan immer um 10 Tage im gregorianischen Kalender, der sich nach der Sonne richtet. Und nun fiel das islamische Fest genau auf den Tag des christlichen Fests.

Sein Vater freute sich auch, da er endlich einmal keinen Urlaubstag für das Ramadanfest nehmen musste, sondern durch das Weihnachtsfest einen arbeitsfreien Tag hatte. Die Schüler genossen ebenfalls die Schulferien.

„Dusch dich, bevor du schlafen gehst", riet ihm seine Mutter Emma. Das hatte sie in dieser Woche gefühlte 50-mal gesagt. Es gehörte zu ihrer Tradition, dass man in der Nacht vor den Festtagen duschte. So kannte sie es aus ihrer Familie.

So legte sich Ali nach einer Dusche ins Bett und versank in seinen Gedanken. Er fragte sich, wie es wäre, wenn alles anders wäre, wenn es keine Rolle spielen würde, woher man stammt oder wie man aussah. War so eine Welt überhaupt möglich? Ist das nicht zu utopisch? Bevor er diese Fragen aber beantworten konnte, schlief er schon fest…

II

Der nächste Tag begann früh. Ali und sein Vater machten sich auf den Weg zum Festtagsgebet in die Moschee. Sein Vater hatte sich schon erkundigt, in welcher Moschee das Gebet stattfinden würde, denn für Großversammlungen hatte Die Neue Regierung festlegt, dass nur in einer Moschee gebetet werden durfte. So war es einfacher, jeden zu kontrollieren.

Als sie an der Moschee ankamen, gab es wie immer viele Menschen, die zum Gebet wollten. Für Ali schien es so, als hätte sich die halbe Stadt hier versammelt, um zu beten. Es gab auch welche, die erst gar nicht zum Gebet kamen, weil sie die vielen Kontrollen Der Neuen Regierung als lästig empfanden. Bevor man die Moschee betreten konnte, gab es unzählige Kontrollen, ähnlich wie im Flughafen. Die Besucher mussten durch verschiedene Sicherheitskontrollen durch. So wurden diese Kontrollen genannt. Ali fand dies widersprüchlich, da es für ihn keinen sichereren Ort gab als die Moschee. Zudem wurde jeder Besucher registriert, um ganz genau nachverfolgen zu können, wer an welchen Gebeten teilgenommen hatte.

An der ersten Kontrolle, 50 Meter vor dem Moscheeeingang, mussten Ali und sein Vater ihre Ausweise zeigen. Sein Vater hatte sich am Vortag schon mehrmals vergewissert, dass er diese auch eingepackt hatte.

Die Ausweise wurden den Kontrolleuren gezeigt. Der Vater durfte ohne Probleme zur nächsten Kontrolle durch. Auch Ali passierte die erste Hürde ohne Schwierigkeiten. Als nächstes wurden die Besucher abgetastet. Ali fühlte sich dabei immer sehr unwohl.

Früher soll es ganz anders gewesen sein, meinte sein Vater einmal. Und ganz früher, habe es das alles nicht einmal gegeben. Als sein Vater noch ein Kind war, da waren die Moscheen 24 Stunden offen, die Türen waren nicht verschlossen, jeder konnte zu jeder Zeit ein- und ausgehen. Ali konnte sich das kaum vorstellen. Mit der Zeit solle sich das dann alles geändert haben. Zunächst wurden die Eingangstüren abgeschlossen. Danach gab es überall in der Moschee Kameras. Jede Ecke wurde aus Sicherheitsgründen mit Kameras überwacht. Sein Vater erzählte ihm, dass dies eine Schutzmaßnahme der Moscheen war, denn tagtäglich sollen sich die Moscheeanschläge verschlimmert haben. Erst seien es nur ein paar im Jahr gewesen. Daraufhin sollen es immer mehr geworden sein. Gleichzeitig habe die Empörung der Gesellschaft darüber immer weiter abgenommen. Es soll irgendwann als Alltag akzeptiert worden sein. Irgendwann, als die ersten Menschen durch die Anschläge ums Leben kamen, soll es eine große Solidarität mit den Opfern gegeben haben, doch als dann später Die Neue Regierung an die Macht kam, soll sich das Klima wieder zum Negativen gewandelt haben. Seitdem gebe es massive Sicherheitskontrollen durch Die Neue Regierung an den Moscheen. Nicht zum Schutz der Moscheen vor Anschlägen, sondern weil die Regierung die Muslime kontrollieren wollte. Die Freitagsgebete und die Festtagsgebete, wie z.B. zum Ramadanfest, durften in jeder Stadt nur in einer Moschee stattfinden.

Immer wenn sein Vater von der Vergangenheit erzählte, hatte dieser Tränen in den Augen. Schnell wischte er sie jedes Mal weg.

Als sie endlich an der Moschee ankamen, zogen sie ihre Schuhe aus und suchten sich einen Platz im vollgefüllten Gebetsraum. Vor dem eigentlichen rituellen Gebet gab es immer eine Predigt des Imams. Der Imam predigte gerade zum Thema Rassismus:

„Rassismus ist keine Meinung, sondern eine psychische Krankheit. Der erste Rassist war der Teufel selbst. Als Gott den Menschen erschuf, weigerte sich der Teufel sich vor diesem zu verbeugen, mit dem Argument, dass er, der Teufel, aus Feuer sei und der Mensch aus Erde. Feuer würde über der Erde stehen. Es sei etwas Besonderes, aus Feuer zu sein. Während es unbedeutend sei, aus Erde zu sein. Deshalb, meine lieben Geschwister, liegt die Wurzel des Rassismus beim Teufel. Der Teufel selbst ist ein Rassist und der Rassist ist ein…"

Der Gebetsruf ertönte in diesem Moment von den Lautsprechern. Die Neue Regierung hatte verordnet, dass der Gebetsruf nicht mehr live vor Ort ausgerufen wird, sondern pünktlich von Lautsprechern immer dieselbe Aufnahme abgespielt wird. Damit sollte sichergestellt werden, dass das Gebet pünktlich begann und die Gläubigen die Moschee schnell wieder verlassen. Ohnehin kamen die meisten nur kurz vor dem Gebet in die Moschee, so dass den Imamen nur

5-10 Minuten für eine Predigt blieb. Alis Vater hatte ihm einmal erzählt, dass Die Neue Regierung diese Umsetzung des Gebetsrufs aus einigen Ländern mit überwiegend Muslimen übernommen habe. Vor vielen Jahren habe es eine solche Regelung in einigen Ländern gegeben. Für Ali war es unverständlich, wieso eine Aufnahme des Gebetsrufs in muslimischen Ländern von Lautsprechern abgespielt wurde. Waren das muslimische Länder? Sein Vater nutzte den Begriff "muslimische Länder" sowieso nicht. Er sagte immer, es gebe „Länder mit überwiegend Muslimen". Menschen seien muslimisch, aber keine Regierungen.

Auf dem Heimweg traf Noah auf den evangelischen Pfarrer Bahira. Noah und Bahira kannten sich schon lange. Sie waren gute Freunde. Noah hatte früher Moscheeführungen für Bahira organisiert und Bahira hatte Kirchenführungen für Noah organisiert. Beide waren bestrebt im interreligiösen Austausch. Sie hatten sich aber seit längerem nicht gesehen. Denn Die Neue Regierung misstraute Veranstaltungen, in denen die Gemeinsamkeiten der Religionen und Kulturen in den Vordergrund gestellt wurden. Diese waren Gift für ihre eigene Ideologie. Je mehr Dialog und Kennenlernen es geben würde, desto mehr würde ihre Ideologie zusammenbrechen.

Dass sich Noah und Bahira jetzt am Ramadanfest und am ersten Weihnachtstag trafen, erfüllte sie beide mit Freude. Nach einem kurzen Gespräch schenkte Noah Bahira eine Gebetskette, die er für das Gebet in die Moschee mitgenommen hatte. Bahira hatte ein Buch dabei; eine Autobiographie mit

11

dem Titel "Wir schaffen das". Er schenkte das Buch Noah. Beide verabschiedeten sich und wünschten sich, sich bald wieder zu sehen.

III

„Geh in dein Land zurück!", wurde Emma gerade auf der Straße beschimpft, als sie mit Sara zum Bäcker wollte. Emma wollte noch antworten, aber hielt sich dann zurück. Sie atmete tief ein und aus. Sie konnte es nicht mehr hören. Sie war deutsch. „Deutscher als deutsch", hatten ihre Großeltern immer gesagt, weil ihre Vorfahren echte Preußen waren. Emmas Eltern waren zum Islam konvertiert, noch bevor sie geboren war. Sie war also von Geburt an eine deutsche Muslima. Trotzdem wurde sie ständig mit der Aufforderung, in **ihr** Land zurückzugehen, konfrontiert und beschimpft. Deutschland war aber ihr Land. Das war ihr zu Hause, ihre Heimat. Ein anderes Land, eine andere Kultur kannte sie nicht.

Ja, sie war muslimisch, aber sie war auch deutsch. Ihre deutsche Kultur hatte sie nicht geändert, nur ihr Glaube war anders als die meisten Deutschen. Konnte man seine Kultur eigentlich ändern? Für Emma war es immer wichtig, Kultur und Religion zu trennen. Das eine war Tradition und das andere war der Glaube. Weil sie muslimisch war und ein Kopftuch trug, hielt man sie immer für eine Türkin oder Araberin. Die türkische oder arabische Kultur wurden mit dem Islam gleichgesetzt und alles was muslimisch war, wurde als diese Kulturen bezeichnet. Alles, was in diesen Kulturen passierte, wurde als islamisch abgestempelt, als sei die Religion die einzige Identität, die ein Individuum habe. Kultur, gesellschaftliche Rollen, Sozialisation, Biografie und Beruf wurden ausgeklammert. Emma musste sich daher immer wieder für Dinge rechtfertigen, die sie nicht vertrat oder gegen die sie selbst war. Irgendwann gab sie die Hoffnung auf. Wie in dieser Situation gerade…

„Mama, können wir auch Schokobrötchen kaufen?", fragte Sara und riss damit Emma aus ihren Gedanken.

„Aber klar doch", meinte Emma.

Nachdem sie die Brötchen für das Frühstück am heutigen Ramadanfest gekauft hatten, machten sie sich wieder auf den Weg zurück nach Hause.

Um keine weiteren unangenehmen Begegnungen zu haben und damit Sara zu erschrecken, gingen sie diesmal etwas schneller. Sara kannte das bereits. Das Schneller-Gehen war schon Ritual in der Familie geworden, deswegen fragten Ali und sie auch nicht mehr, warum sie hasteten oder es immer so eilig hatten. Ali und Sara hatten daraus ein Spiel gemacht. Sie sahen dieses Schneller-Gehen als ein Wettrennen gegen schlechte Erfahrungen. Je schneller man ging, desto weniger schlechte Erfahrungen konnte man machen. Manchmal, wenn sie beide getrennt unterwegs waren, fragten sie sich zu Hause, wie oft sie einer solchen schlechten Erfahrung auf dem Weg begegnet waren. Gewonnen hatte man, wenn man weniger Erfahrungen gemacht hatte. Der Rekord für die meisten schlechten Erfahrungen an einem 10-minütigen Weg nach Hause hatte Ali gemacht. Sechsmal wurde er in diesen zehn Minuten beschimpft. An jenem Tag gab es wohl einen

Anschlag in irgendeinem Land der Welt. Ali wusste damals als Neunjähriger nicht einmal, wo dieses Land lag. Heute ist er elf und es ist nicht besser geworden.

Die Bäckerei war auf dieser Straße der einzige Laden, der am ersten Weihnachtstag geöffnet hatte und auch sonst waren nicht so viele Menschen an diesem kalten Wintermorgen auf der Straße. Trotz allem sah man den Menschen an, dass sie in fröhlicher Stimmung waren, jedoch gemischt mit einem Druckgefühl. Nicht nur Muslime, sondern auch Nichtmuslime scheuten Die Neue Regierung. Sie hatte der Gesamtgesellschaft nichts Gutes gebracht. Neue Gesetze und harte Strafen hatten das gesellschaftliche Miteinander lahmgelegt.

Überall wurde man beobachtet und bespitzelt. Die Neue Regierung belohnte Spitzel. Verleumdungen und Rufmord waren daher an der Tagesordnung, mussten jedoch nicht großartig belegt werden. Eine kleine Behauptung konnte schon ausreichen, um ins Visier Der Neuen Regierung zu geraten. Jeder verdächtigte jeden. Niemand konnte sicher sein, wer ein Feind oder ein Freund war. Jede verdächtige Beobachtung wurde sofort gemeldet. Je freundlicher man war, desto mehr wurde man verdächtigt, etwas zu verheimlichen. Als Verdächtiger hatte man so gut wie keine Chancen. Wenn man als Verdächtiger etwas zugab, wurde man verhaftet. Wenn man etwas abstritt, wurde man ebenfalls verhaftet, mit der Begründung, dass jeder Schuldige die Schuld erst einmal abstreitet. Dadurch wurde den Populisten bestätigt, was sie schon immer geahnt hatten: Muslime sind undurchschaubar und unberechenbar. Man musste daher immer mit allem rechnen. Es herrschte eine große Willkür.

Die Paranoia und das unersättliche Kontrollbedürfnis der Neuen Regierung führte zu behördlicher Willkür, massiven Repressionen, systematischen Einschüchterungen und permanenten Überwachungen.

Für eine bessere Kontrolle hatte Die Neue Regierung ein Punkte-System eingeführt, welches man an einem Chip unter der Haut immer erfassen konnte. Jeder Bürger hatte von Geburt an 100 Punkte. Bei jeder Straftat oder das, was Die Neue Regierung für eine Straftat hielt, wurden Punkte abgezogen. Je mehr man die Ideologie der Neuen Regierung vertrat, sie befürwortete, sie an die Bevölkerung transportierte, desto mehr Punkte bekam man. Jeder konnte die Punkte von jedem auf dem Smartphone abrufen. Deshalb waren viele Menschen paranoid geworden. Das Vertrauen zueinander litt sehr daran. Ohnehin wurden die Bürger auf bestimmte Daten und Zahlen reduziert. Daraus resultierten größtenteils Nachteile. Z.B. wurde an Hand der DNA ermittelt, wer für welche Krankheiten anfälliger war. Versicherungen ermittelten basierend auf diesen Wahrscheinlichkeiten und Vorurteilen die Beitragskosten.

So war es dann, dass man auch an Festtagen zwar in fröhlicher Stimmung war, jedoch trotzdem immer im Hinterkopf ein Druck spürte.

Sara und Emma kamen nun endlich zu Hause an, bevor sie noch jemand ansprach. Sie stiegen die Treppen hoch zur Wohnung. Innerlich freuten sich beide, dass nichts passiert war, aber dann passierte doch etwas.

„Können Sie mal etwas leise sein?", fragte der Nachbar Heinrich Besorg von seiner halbgeöffneten Wohnungstür aus. Herr Besorg wohnte im 3. Stock und beschwerte sich eigentlich wegen allem. Egal was die Familie tat oder nicht tat, Herr Besorg regte sich auf. Wenn die Familie laut war, regte er sich über die Lautstärke auf. Wenn die Familie leise war, fand er dies merkwürdig und malte sich wildeste Verschwörungstheorien aus, mit denen er dann die Familie konfrontierte. Ständig meckerte er und war nicht zufrieden zu stellen. Für alles und jeden hatte er Sündenböcke.

„Wie leise sollen wir denn noch sein?", erwiderte Emma. Anfangs hatte sie es mit Freundlichkeit versucht, die Vorurteile Herr Besorgs auszuräumen, doch es half nicht. Je freundlicher man war, desto aggressiver wurde er. Deshalb hatte sie es sich angewöhnt, ihm immer die Stirn zu bieten. Nur so konnte man ihn manchmal zum Schweigen bringen.

„So leise, dass mein Hund Sie im Treppenhaus nicht hört und anfängt zu bellen."

„Ihr Hund verhält sich genauso wie Sie. Verhalten Sie sich anders, und der Hund wird sich automatisch auch anders verhalten."

„Wie reden Sie denn mit mir? Ich verbitte mir diesen Ton! Schließlich möchte ich nur, dass wir alle hier im Haus in Frieden leben. Und dazu gehört nun einmal auch Ruhe und eine angemessene Lautstärke."

Emma schüttelte einfach nur den Kopf und ging mit Sara die Treppen weiter hoch. Bis sie in die eigene Wohnung eintraten, hörten sie weiterhin die Stimme von Herrn Besorg: „Ich bin nur ein besorgter Bürger. Tun Sie nicht so, als würde Ihnen das Haus allein gehören. Wenn Sie hier einziehen, müssen Sie sich an Spielregeln halten. Die Regeln und Gesetze gelten für alle. Wenn es Ihnen hier nicht gefällt, dann ziehen Sie doch um. Von mir aus können Sie…"

IV

Die Familie war nun beisammen. Zusammen saßen sie am Frühstückstisch. Besuch würde erst ab 12 Uhr kommen und bis 18 Uhr andauern. Davor und danach war es für Muslime an Festtagen nicht mehr erlaubt, sich zu besuchen. Die Neue Regierung begründete auch dies mit Sicherheitsregelungen. Es sei einfach zu gefährlich und nicht kontrollierbar, wenn sich am gleichen Tag so viele Familien besuchten. Die Festtage, an denen sich die Großfamilie beim Frühstück traf, waren schon lange vorbei.

Am Frühstückstisch redete die Familie ausnahmslos über positive Ereignisse. Weder Emma und Sara erzählten vom Typen vor dem Bäcker und der Hasspredigt von Herrn Besorg, noch Noah und Ali von den vielen Sicherheitskontrollen, die sie über sich ergehen mussten, nur um am Gebet in der Moschee teilnehmen zu können.

Nachdem Frühstück beschenkte sich die Familie. Jeder machte jedem ein Geschenk. Sara bekam ihr langersehntes Fahrrad. Ali bekam ein Buch über Fußballtricks. Noah hatte auch noch ein Weihnachtsgeschenk für einen guten Freund vorbereitet. Diesen wollte er später im Laufe des Tages noch besuchen.

Noah holte sich einen Tee und setzte sich kurz vor den Fernseher. In den Nachrichten gab es nur Kriegsberichte. Die Neue Regierung hatte fast alle Fernsehsender in seiner Macht und sendete nur noch

Angst und Schrecken. „Krieg ist Frieden! Freiheit ist Sklaverei! Unwissenheit ist Stärke!" murmelte Noah. Weltweit gab es tatsächlich viele Kriege. Einige dieser Kriege waren schon älter als Ali, ohne ein Ende in Aussicht. Den gegenwärtig längsten Krieg hatte ein älterer Präsident begonnen. Er hatte in seinem Wahn die ganze Welt bedroht und dann tatsächlich einen Krieg mit mehreren Ländern angezettelt. Noah schaltete den Fernseher aus, bevor er sich noch mehr aufregte.

Auf einmal klopfte es an der Tür. Es konnte aber noch gar nicht 12 Uhr sein. Sie hatten gerade erst gefrühstückt. Ali schaute verwundert auf die Uhr, die über der Haustür hing. Noah hatte es vor langer Zeit an diese Stelle angebracht, damit man vor dem Öffnen der Tür immer erst auf die Uhr gucken konnte. Es war 10:34 Uhr. Noah und Emma waren ebenfalls erstaunt. Noah machte ein Handzeichen, dass er zur Tür gehen wird und alle anderen warten sollen. Es war ja nicht so, dass man vor 12 Uhr keine Postboten oder so an der Tür hatte, aber die Angst der Familie war, dass sich vielleicht doch jemand getraut hatte, sich vor 12 Uhr auf den Weg zu machen, um Bekannte beim Fest zu besuchen. Dadurch würde auch die besuchte Familie in Bedrängnis geraten. Noah machte langsam die Tür auf…

An der Tür standen zwei Beamte Der Neuen Regierung. Sie waren komplett schwarz gekleidet. Es gab zwar schon seit längerem ein Burka-Verbot, aber dies betraf nicht die Uniform Der Neuen Regierung, welches zwar nicht wie eine Burka alles verdeckte, jedoch ähnlich komplett schwarz war. Beide Beamten schauten grimmig rein.

„Ali?", fragte der eine.

Noah drehte sich zu Ali um, schaute ihn mit fragendem Gesicht an. Dann drehte er sich wieder zu den Beamten: „Ja, was wollen Sie?"

„Es gibt wieder Punkteabzüge für Ihren Sohn; quasi als Ramadangeschenk."

„Haha, der war witzig", meinte der andere Beamte und klopfte dem ersten an den Oberarm.

Ali ging ein paar Schritte Richtung Tür, nahm seinen ganzen Mut zusammen und fragte mit etwas lauter Stimme: „Warum denn?"

„Du bist wieder einmal zu spät nach Hause gekommen. Die Ausgangssperre hast du um 4 Minuten überschritten. Hast du gedacht, das würden wir nicht merken?"

„Dann ziehen Sie die Punkte ab und gehen bitte wieder", erwiderte Noah. Er wollte die ganze Sache schnell abschließen. Er ahnte, dass sonst der Festtag komplett ruiniert werden würde.

„So einfach geht das nicht. Ihr Sohn hat nun weniger als 75 Punkte und muss daher ausgefragt werden. So will es das Gesetz."

Mit einem Mutterinstinkt packte sich Emma schnell Ali und umarmte ihn.

„Wir werden ihn wohl mitnehmen müssen", meinte einer der Beamten.

„Das kommt gar nicht in Frage!", erwiderte Emma schockiert.

Auch Noah wehrte sich: „Sind Sie denn total verrückt? Das ist noch ein Kind. Was wollen Sie mit ihm? Geben Sie ihm den Punkteabzug und er wird den Fehler nicht noch einmal wiederholen."

„Dafür ist es zu spät. Das hätte er sich schon beim letzten Mal denken müssen."

„Es ist heute ein Festtag. Ramadan und Weihnachten. Können Sie das nicht verschieben?", fragte Emma aus Verzweiflung. Sie wollte eigentlich nur Zeit gewinnen.

„Er kommt jetzt mit uns mit. Wir fragen ihn aus. Je schneller sie mitmachen, desto schneller ist er wieder zu Hause", dabei berührte der Beamte seine Waffe, um seinen Worten mehr Gewicht und Gewalt zu verleihen.

Ali war in Tränen ausgebrochen. So auch Emma und Sara. Noah wollte Details wissen:

„Wohin bringen Sie ihn? Ich möchte mitkommen!"

„Mir ist es egal, wer von euch mitkommt. Aber Ali nehmen wir mit auf das Polizeirevier."

Noah holte sofort seine Jacke, zog sie an, beugte sich zu Ali und versuchte ihn, aber auch gleichzeitig Emma und Sara, zu beruhigen: „Mache dir keine Sorgen. Wir gehen gemeinsam hin und wir kommen gemeinsam wieder zurück."

Ali umarmte Noah. So fühlte er sich sicher. In den Armen seiner Eltern kam er sich immer stark vor. Sie würden ihn immer beschützen.

„Los jetzt! Wir müssen auch noch andere abholen", schimpfte einer der Beamten.

So standen Noah und Ali auf und gingen zur Tür. Der Feiertag begann nicht gut.

V

Ali saß allein in einem dunklen Raum. Noah durfte nicht herein. Er durfte nicht einmal in das Gebäude des Polizeireviers und musste daher vor dem Eingang auf der Straße warten, ohne zu wissen, wie lange er warten müsste. Sie hatten ihm keine Auskunft gegeben.

Mitten im Raum gab es einen Tisch mit zwei Stühlen. Ali saß auf einem der Stühle, der andere war nicht besetzt. Im Raum waren auch lauter elektronischer Geräte, mit denen Ali nichts anzufangen wusste.

Dann ging die Tür auf und ein komplett grau bekleideter Mann kam herein. Er setzte sich auf den leeren Stuhl.

„Weißt du nicht, wie lange du draußen bleiben darfst?"

Ali wusste es und deshalb antwortete er nicht. Ein wenig aus einem Schuldgefühl heraus, aber auch weil er von dieser Regelung nichts hielt.

„Du hältst wohl nicht viel von Regeln, oder?"

Konnten sie seine Gedanken lesen, fragte sich Ali. Er schaute sich noch einmal die elektronischen Geräte im Raum an.

Die Stimme des Mannes wurde sanfter:

„Hör zu Junge, ich will nur dein bestes. Ich kann alles vergessen, was du getan hast. Du bekommst keine Strafe. Ich verzeihe dir."

Ali schaute ihn misstrauisch an.

„Wenn du mir einige Fragen beantwortest, kannst du sofort mit deinem Vater nach Hause gehen und weiter Ramadan feiern. Ansonsten könntest du nämlich den ganzen Feiertag hier verbringen und die vielen Geschenke verpassen."

„Ich bin kein kleines Kind", rutschte es aus Ali heraus.

„Bist du auch nicht. Deshalb hilfst du mir und ich helfe dir. Also, erzähl mir mal… wie oft betet dein Vater am Tag?" Ali zögerte etwas und antwortete dann:

„5-mal."

„So oft? Wie findet er denn die Zeit dafür?"

„Die Gebete sind kurz." Ali versuchte in kurzen Sätzen zu antworten.

„Und was macht er in der Moschee? Ihr wart ja heute gemeinsam in der Moschee. Diese Sicherheitsüberprüfungen finde ich auch doof…"

Ali wusste, dass er es nicht ernst meinte.

„Was sollten wir da schon? Gebetet haben wir."

„Hat er mit niemandem gesprochen?"

„Wir hatten gar keine Zeit dazu. Wir wollten schnell nach Hause, um gemeinsam zu frühstücken."

„Aber auf dem Weg habt ihr mit jemandem gesprochen?" Ali fragte sich, woher sie immer alles wussten.

„Ja, das war ein alter Bekannter meines Vaters."

„Schön, wenn man alte Bekannte wieder trifft. Er hat euch doch etwas gegeben. Was war das?"

„Ein Buch." Wusste er das tatsächlich nicht oder wollte er ihn nur testen, fragte sich Ali.

„Aha, ein Buch. Wie heißt das Buch?"

„Ich weiß es nicht. Wir haben nicht darüber gesprochen. Ich glaube irgendetwas mit ´Wir tun es´ oder so."

„Was tut ihr?"

„Nichts!?"

„Du hast aber gerade gesagt, dass ihr etwas tut."

„Nein, ich meinte, das Buch hieß glaube ich so."

„Also steht im Buch, was ihr tut."

Ali wusste nicht, was er antworten sollte. Es war alles so verwirrend für ihn. Er schwieg.

„Was hat dein Vater ihm gegeben?"

„Eine Gebetskette."

„Eine Kette?"

„Nein, eine Gebetskette."

„Was ist eine Gebetskette?"

„Eine Gebetskette besteht aus 99 Kugeln. Aufgeteilt in drei Abschnitte. In jedem Abschnitt gibt es 33 Kugeln und bei jeder Kugel sagt man etwas auf Arabisch."

Der Mann dachte einen kurzen Augenblick nach und sagte dann prompt: „O.k., das reicht schon. Du kannst gehen!"

„Das war´s?", fragte sich Ali. Er durfte gehen? So einfach? Er überlegte, ob er etwas Falsches oder Richtiges gesagt hatte, dass zu einer solchen unerwarteten Reaktion führte. Er verstand nichts. Der Mann verließ den Raum und ließ die Tür offen. Ali schaute noch hinterher. Es kam keiner und nichts passierte. Langsam stand er auf und ging Richtung Tür. Er schaute hinaus. Lauter Beamte saßen in Büros, gingen hin- und her; ein Durcheinander. Ali ging aus dem Raum. Keiner sagte etwas.

„Ich glaube, ich habe etwas, womit wir etwas anfangen können", meinte der Mann, der gerade Ali befragt hatte, zu seinem Abteilungsleiter. „Man könnte meinen, dass sie einen Anschlag planen. Die Anweisungen dazu könnten in einem Buch versteckt sein. Es könnten 99 Anschläge in drei verschiedenen Städten geben."
Der Abteilungsleiter meinte daraufhin:
„Das lässt sich gut verkaufen. Das ist glaubwürdig. Geben Sie diese Informationen an Das Netzwerk weiter. Die können sich damit sicherlich etwas zusammenbasteln."

Als Noah, Ali die Treppen herunterkommen sah, traute er seinen Augen nicht. So schnell ging das? „Was ist passiert?", wollte er wissen.
„Sie haben mich nur gefragt, was wir heute Morgen gemacht haben und dann durfte ich gehen." Auch Noah verstand das nicht. Wieso hatten sie ihn zu heute Morgen befragt und nicht dazu, dass er zu spät nach Hause kam, was ja der eigentliche Anlass seiner Mitnahme war?
Aber jetzt war es egal. Noah wollte schnell wieder zu seiner Familie, die zu Hause voller Angst und Ungewissheit auf sie wartete. Telefonieren konnte

er nicht, denn dies untersagte Die Neue Regierung an Feiertagen. Es gebe zu viel Kommunikation, hieß es.

Als sie die Straßen nach Hause fast schon liefen, hörten sie plötzlich eine Stimme: „Die Geschichte wiederholt sich."

Noah blieb stehen und schaute nach links. Die Stimme kam aus einem alten Bücherladen. Der Besitzer stand vor offener Tür und sagte noch einmal: „Ibn-i Haldun hat einmal gesagt, dass sich die Geschichte wiederholt. Immer und immer wieder. Der Mensch lernt nicht aus der Geschichte und macht die gleichen Fehler."

Noah sagte nickend und mit verbeugtem Kopf, „Ja, das stimmt."

„Kommt rein, ich gebe euch etwas zu trinken", sagte der Buchhändler.

Obwohl sie es eilig hatten, war Noah neugierig und erstaunt, was der Buchhändler noch zu sagen hatte. Deshalb trat er mit Ali in den Laden ein.

„Haben Sie denn heute nicht geschlossen? Heute ist doch Weihnachten."

„Was den Verkauf angeht, ist mein Laden zu. Heute wird nichts verkauft. Aber ich habe sonst keinen Platz, wo ich besser sein könnte. Deshalb bin ich hier", antwortete der Buchhändler, während er ein Tee vorbereitete.

Noah schaute sich die vielen Bücher an. Einige schienen neu zu sein, einige waren verstaubt und alt. Ali entdeckte ein Buch mit dem Titel "Easter Eggs - Versteckte Besonderheiten in Büchern" und blätterte herum.

Einige Momente später gab der Buchhändler Noah ein Tee und ein Glas Wasser für Ali.

„Feiern Sie denn auch kein Ramadanfest oder Weihnachten?", fragte Ali.

„Für einen Verrückten wie mich, ist jeder Tag ein Feiertag."

„Was meinten Sie damit, dass sich die Geschichte wiederhole?", wollte Noah wissen.

„Warte…" Der Buchhändler holte ein Buch mit dem Titel "Damals war es Friedrich" und reichte es Noah. Dieser las den Klappentext und dachte sich, dass man solche Bücher eigentlich lesen sollte, bevor etwas passiert. Dann wäre man viel sensibler und gewarnt vor dem, was passieren könnte. Das Buch würde dann nicht „Damals war es…" heißen, sondern „Vielleicht wird es mal…" und man könnte den Geschehnissen entgegenwirken. Dann schlug Noah das Buch auf und las die folgenden Sätze: „Damals waren es die Juden. Heute sind es dort die Schwarzen, hier die Studenten. Morgen werden es vielleicht die Weißen, die Christen oder die Beamten sein."

Der Buchhändler ergänzte: „Früher, und ich meine damit ganz früher, traute sich keiner rassistisch zu sein. Wenn sich jemand rassistisch äußerte, wurde sofort seitens der Mehrheit entgegengewirkt, doch irgendwann veränderte sich das Klima. Es gab immer weniger Menschen, die gegen Rassismus und Diskriminierung vorgingen. So, dass sich Rassisten auch viel mehr trauten. Rassisten wurden lauter und die Mehrheit stiller. Dann traute sich keiner mehr, die Opfer von Rassismus in Schutz zu nehmen. Alle schwiegen, nahmen keinen Anteil, niemand teilte die

Empörung der Opfer. Bestimmte Strukturen erlaubten es nicht mehr, das zu sagen, was man wollte. Wenn sich jemand für die Opfer einsetzte, wurde sofort seitens der Rassisten entgegenwirkt. Man hatte also die Rollen getauscht. Das geht dann soweit weiter, bis im Endstadium ein Völkermord stattfindet. Jeder Völkermord benötigt nämlich ein Schweigen. Danach erst verstehen die Menschen das Ausmaß ihres Schweigens und ihrer Ignoranz. Wenn die Schweigenden daraufhin handeln möchten, ist es bereits zu spät; zu viele Menschen sind gestorben. Die Schweigenden übernehmen dann die Oberhand. Dann schweigen wieder die Rassisten und trauen sich nicht mehr, sich rassistisch zu äußern, bis dann irgendwann wieder.... und so geht das eben hin und her. Faschismus fängt eben nicht mit den ersten Bomben, die geworfen werden, an, sondern in Beziehungen zwischen Menschen."

Noah war in seinen Gedanken vertieft. Ali war erschüttert von einer solchen Vergangenheit und Zukunft. Oder war es die Gegenwart? Er wünschte, er wäre wieder vier oder fünf Jahre alt gewesen, wo die Welt für ihn noch heile war.

„Wir müssen los", sagte Noah, als wäre er vom Tiefschlaf aufgestanden und hätte gemerkt, dass er Emma und Sara nicht weiter in Sorge lassen wollte.

„Kommt bald wieder. Ich bin immer hier", sagte der Buchhändler zum Abschied.

VI

Als Emma die Tür öffnete und Noah und Ali vor sich sah, konnte sie es nicht glauben. Sie waren tatsächlich schneller wieder da, als sie erwartet hatte. Vor Freude umarmte sie einfach beide, ohne etwas zu fragen. Auch Sara rannte schnell zur Tür und umarmte ihren Vater und ihren Bruder.

„Alles Gut!", sagte Noah nur. „Wir sollten uns an solche Geschehnisse gewöhnen."

„Will ich aber nicht!", meinte Sara und ihr Gesicht war voller Wut. Noah umarmte sie noch einmal, schaute dabei Emma tief in die Augen. Beide verstanden sich, ohne ein Wort zu sagen. Noahs Blicke verrieten, dass es nicht besser werden würde und Emmas Blicke entgegneten, dass sie sich dessen bewusst war.

Als Noah und Ali auf dem Polizeirevier waren, kamen anlässlich des Fests in der Zwischenzeit einige Besucher. Emma gab dabei Kindern kleine Geschenke, die sie im Vorfeld schon vorbereitet hatte. Andere Besucher saßen einige Minuten, tranken Tee und verabschiedeten sich wieder. Einige wunderten sich, wo Noah und Ali waren, aber Emma verriet nichts und war die ganze Zeit sehr unruhig.

Noah rief nun seine Verwandten in Kanada an. Noah war Kanadier, aber auf Grund seines südländischen Aussehens, kombiniert mit einem Prophetennamen, dachten alle, er sei Türke oder Araber. Doch auch er war, wie seine Frau Emma, ein

Kind von zum Islam konvertierten Eltern. Vielleicht verstanden sich Emma und Noah deshalb so gut. Beide mussten sich als Kind ständig rechtfertigen. Beide wurden mit Tatsachen konfrontiert, für die sie ständig Erklärungen liefern mussten. Ihre ähnliche Vergangenheit schweißte sie noch mehr zusammen, doch im Vergleich zu den Entwicklungen der letzten Jahre und den Gesetzen Der Neuen Regierung, waren die Diskriminierungen, die sie in ihrer Kindheit erlebten, kindliche Raufereien. Noah erinnerte sich noch, wie er als Siebtklässler ein Referat über Dschihad halten musste, wo er doch selbst keine Ahnung davon hatte. Er nahm an, dass die Lehrer dachten, dass wenn jemand muslimisch war, diese Person dann auch gleichzeitig ein Koran- und Islamexperte sein musste. Von jedem Muslim wurde erwartet, dass er ein theologisches Wissen über die Feinheiten des Islams besaß. Auch als Ali in die Schule kam, musste die Familie unterschreiben, dass er während der Fastenzeit nicht fasten darf. Jegliche Erklärungsversuche, dass Kinder sowieso nicht fasten bräuchten, hatten keinen Zweck. Vor einigen Jahren kam dann tatsächlich das Gesetz des Fastenverbots für Personen unter 18 Jahren, für das Die Neue Regierung mit viel Polemik geworben hatte. Das Kopftuchverbot in Schulen gab es dagegen schon seit längerer Zeit. Als Sara eingeschult wurde, musste sich die Familie von der Rektorin einen Vortrag über das Kopftuchverbot an Schulen anhören. Emmas Einwände, dass auch in diesem Fall Kinder sowieso kein Kopftuch tragen brauchen, interessierte die Rektorin nicht. Sie wollte ganz sichergehen, dass die Familie das Verbot auch einhielt. So mussten sie mehrere Dokumente unterschreiben, in denen auch klare Sanktionen formuliert wurden, was passieren würde, wenn Sara ein Kopftuch tragen würde.

VII

„Und ich sage euch, mit dieser Familie treffe ich mich nicht mehr. Ich werde sie weder grüßen noch ihnen etwas verkaufen", sagte der Wurstverkäufer Kemal, als er mit einigen Männern durch die Gassen zog. „Wenn jemand von der Regierung abgeholt wird, dann hat das etwas zu bedeuten. Und zwar nichts Gutes. Das wird ja schon seinen Sinn haben. Ich bin auch Muslim. Habe ich Punkteabzüge? Keinen einzigen. Ich bin ein loyaler Bürger. Im Gegensatz zu dieser Familie, wo man doch sowieso nicht weiß, was sie aushecken. Letztens habe ich den kleinen Ali dabei beobachtet, wie er zu spät nach Hause kam. Habe ich ganz genau vom Fenster gesehen."

Alis und Noahs Abführung durch die Beamten hatte sich schon schnell in der Gegend rumgesprochen. Kemal nutzte jede Gelegenheit, um gegen die Familie zu hetzen. Er war bekannt im Viertel für seine üblen Nachreden. Rufmord und Verleumdungen waren für ihn Alltag. Deswegen war er auch ein geliebter Gesprächspartner für Anhänger Der Neuen Regierung, obwohl auch sie wussten, wie hinterhältig er war. Einige seiner Zuhörer in diesem Moment vermuteten daher, dass er die Familie bespitzelt hätte. Immerhin sagte er selbst, dass er Ali noch spät auf der Straße gesehen hätte, aber er würde dies in jedem Falle leugnen, wenn man ihn darauf ansprechen würde.

Als Kemal noch weiter seine inszenierten Märchen erzählte und sich dabei selbst ins Rampenlicht stellte, sah er an der nächsten Bushaltestelle eine Person sitzen, die er ganz gut kannte. Er wusste, dass diese Person mit ihm sprechen wollte, daher verabschiedete er sich schnell und hastig von seinen Freunden und ging langsam und unauffällig zur Bushaltestelle.

Er setzte sich neben dem Mann hin. Beide schauten nur nach vorne und schauten sich nicht an.

„Da hast du wieder eine gute Arbeit geleistet", meinte die Person. „Wahrscheinlich hast du einen geplanten Terroranschlag, vielleicht sogar eine Terrorzelle aufgedeckt."

„Diesem Noah kann man nicht trauen. Er ist zu allem fähig", meinte Kemal.

„Hör zu. Wir möchten, dass du ihn nun noch mehr im Auge behältst. Bei jeder auffälligen Tat musst du uns kontaktieren."

„Mache ich. Aber ich brauche noch etwas Geld. Je mehr ich für euch Informationen sammle, desto weniger kann ich mich um meinen Fleischladen kümmern. Damit das nicht auffällt, brauche ich mehr Geld, um den Laden zu halten."

„Spar dir deine Ausreden und Märchen für deine dummen Glaubensbrüder. Du bekommst, was wir vereinbart haben."

„Ja, ich meine ja nur… Nicht wegen mir, wegen euch, damit ich nicht auffalle."

Der Mann stand daraufhin auf, und ging. Kemal saß noch eine Weile da und dachte sich den nächsten Plan aus, wie er Noah bespitzeln konnte.

VIII

Kurz nach 18 Uhr, als die Besuchssperre für muslimische Familien begann und damit die Familie keine weiteren Besucher mehr empfangen oder selbst Familien besuchen konnte, machte sich Noah auf den Weg zu seinem Freund Michel. Michel war ein katholischer Priester. Noah und Michel kannten sich schon aus der Schulzeit. Sie hatten auch gemeinsam studiert und waren im gleichen Fußballverein gewesen. Als Die Neue Regierung Muslimen die Mitgliedschaft in Sportvereinen verbot, trat Michel aus Protest ebenfalls aus dem Verein aus. Michel und Noah waren also gute Freunde, die schon durch dick und dünn gegangen waren und vieles erlebt hatten. Michel lebte außerhalb der Stadt und sie hatten sich schon lange nicht mehr gesehen.

Als Michel die Tür öffnete und Noah vor sich sah, war er so überrascht, dass er ihn sofort umarmte, noch bevor Noah etwas sagen konnte. Er bat Noah in die Wohnung und dieser überreichte ihm dann auch schon das Weihnachtsgeschenk. Michel freute sich. Damit hatte er nicht gerechnet.

„Wie geht es dir, mein Freund?", fragte Noah.

„Ich bin froh, dich zu sehen, Noah. Ich habe in letzter Zeit viel an dich gedacht. Komm, setzt dich!" Michel führte ihn ins Wohnzimmer und zeigte auf einen Sessel. Der Weihnachtsbaum stand an einer Ecke des Zimmers.

„Hast du an unsere sportlicheren Tage gedacht?", fragte Noah lächelnd.

„Du bist immer noch sportlich, wie ich sehe. Bei mir kann man das wohl kaum noch sagen."

„Wenn du deinen Bart abrasieren würdest, sehest du auch 10 Jahre jünger aus", erwiderte Noah humorvoll.

Nach einigem Lächeln wurde Michel wieder ernster: „Noah, sag, wie geht es dir und deiner Familie?"

„Gut, wie soll es uns schon gehen?"

„Du warst schon immer ein Optimist."

„Wer Positives sieht, denkt positiv. Wer positiv denkt, hat Freude am Leben."

„Ich wünschte, ich könnte das auch so sehen wie du. Aber Noah, ich habe schon in alten Büchern gelesen, welche Katastrophen uns noch bevorstehen können. Wir stehen vor dem Ende der offenen Gesellschaft. Und das ist keine leere Prophezeiung."

Noah senkte seinen Blick. Michel erkannte, dass auch Noah die gleichen Bedenken hatte, wie er selbst.

Michel ergänzte:

„Wir können die Vergangenheit nicht mehr ändern. Aber die Gegenwart und die Zukunft liegen in unseren Händen."

„Was können wir schon tun?"

„Die Gesellschaft sensibilisieren."

„Aber die Gesellschaft ist es doch, die Die Neue Regierung haben wollte. Diese macht nichts Anderes, als das, was sie schon verkündet hat. Die

Gesellschaft wusste also, was passieren würde. Nun ist es eingetroffen."

„Nicht die Quantität zählt, sondern die Qualität. Wir dürfen nicht aufgeben, mit den Menschen zu sprechen und sie zu überzeugen!"

„Dann bist du ja auch ein Optimist."

„Ja, aber nur, weil ich nicht in deiner Haut stecke. Sonst wäre ich schon am Boden zerstört."

„Genau darum geht es doch. In dieser Haut zu stecken. Es kommt darauf an, in welcher Haut man steckt", sagte Noah wieder etwas humorvoll.

„Und das müssen wir verhindern. Es muss egal sein, in welcher Haut man steckt. Es zählt der Mensch und sein Charakter."

Ein paar Sekunden schwiegen beide. Dann stand Michel auf und bereitete zwei Tassen Kaffee vor. Noah vertiefte sich in Gedanken und dachte über verschiedene Sachen nach. Immer wieder dachte er an die letzten Jahre zurück und wie sich alles schlagartig verändert hatte. Vielleicht war es auch nicht schlagartig gewesen und es kam ihm nur so vor. Vielleicht war es ein schleichender Prozess gewesen. Er konnte nicht verstehen, wie seine Mitmenschen das alles zulassen konnten. Menschen, die er Jahrzehnte kannte, hatten nie wirklich versucht, die gegenwärtige Situation zu verändern. Im Gegenteil, es herrschte Paranoia. Personen, die er seit seiner Kindheit kannte, hatten den Gedanken, dass Noah vielleicht doch ein Terrorist sein könnte. Innerlich flüsterte er: „Am Ende werden wir uns nicht an die Worte unserer Feinde erinnern, sondern an das Schweigen unserer Freunde." Seine

Gedanken wurden unterbrochen von einer Frage Michels:

„Hast du schon einmal von Dem Netzwerk gehört?"

„Ja, das ist der Nachrichtendienst Der Neuen Regierung. Was weißt du darüber?"

„Nicht viel. Nur, dass es sozusagen der illegale Arm Der Neuen Regierung ist. Und es hat überall Mitglieder, die andere ausspionieren."

„Warum braucht den eine Regierung, die sowieso alle Fäden in der Hand hat, keine Opposition hat und jedes Gesetz durchwinken kann, eine solche Organisation? Sie könnte doch die illegalen Aktivitäten zu legalen erklären."

„Ich denke, da geht es um viel mehr. Vor allem geht es darum, so viele Informationen wie möglich zu sammeln. Und das geht am besten, wenn man im Geheimen bespitzelt."

Noahs Smartphone klingelte in diesem Moment. Er schaute auf sein Telefon und sah, dass eine neue Nachricht eingegangen war. Durch ein spezielles und verpflichtendes App konnte Die Neue Regierung allen Bürgern oder speziell nur ausgewählten Gruppen Nachrichten schicken und sie über neue Gesetze informieren. In der Nachricht, die nun nur an Muslime versandt wurde, stand: „Ab dem heutigen Tag, ist es laut §88 des Islamgesetzes nicht mehr gestattet, dass in Moscheen vor Ort gepredigt wird. Die Predigt wird mit sofortiger Wirkung digital abgespielt."

Noah zeigte die Nachricht Michel. Dieser schüttelte nur den Kopf und fragte sich, „Wohin soll das Ganze noch führen?"

Noah und Michel redeten noch eine Weile, bis sich dann Noah verabschiedete.

IX

Für den nächsten Tag hatte sich Ali mit einigen Freunden verabredet. Sie wollten, wie gewöhnlich, Fußball spielen und nachher gemeinsam zu einem Super-Fast-Food-Restaurant. Normale Fast-Food-Restaurants waren schon lange out.

Er packte seine Sachen und machte sich auf den Weg. Auf dem Flur sah er Nachbar Heinrich Besorg, der wieder etwas murmelte. Ali hatte aber keine Lust, mit ihm zu diskutieren, also raste er schnell an ihm vorbei.

Auf dem Weg zum Fußballplatz kam er an der Metzgerei von Kemal vorbei. Der Laden hatte auf, denn der 2. Weihnachtstag war seit einigen Jahren kein gesetzlicher Feiertag mehr. Nur am 1. Weihnachtstag hatten die Läden zu.

Sofort lief Kemal nach draußen und rief: „Hey, Ali. Nicht so schnell. Wo willst du denn hin?"

„Mich mit Freunden treffen." Ali hatte von seinem Vater schon öfters gehört, dass Kemal keine vertrauenswürdige Person war. Immer wieder wurde er dabei erwischt, wie er beim Wiegen an der Kasse betrug oder dem Fleisch der Muslime Schweinefleisch zumischte. Aber er gab sich trotzdem als Muslim aus und wurde schnell wütend, wenn man ihn auf seine Taten hinwies.

„Komm, ich gebe dir ein leckeres Würstchen."

„Ne, keine Zeit." Ali wollte eigentlich weiter, doch Kemal versperrte ihm den Weg.

„Nun, mach mal nicht so. Ich bin doch sozusagen wie ein Onkel für dich. Lass mich doch eine gute Tat vollbringen, damit ich auch ins Paradies komme."

Ali schaute ihn nur abwertend an und signalisierte ihm damit, dass es ihm bewusst war, dass er sich lustig machte.

In diesem Moment kamen drei Jugendliche auf Ali zu und schubsten ihn wortlos auf den Boden. Kemal ging in sein Laden zurück und beobachtete das Geschehen aus einem sicheren Platz.

Die drei Jugendlichen hoben Ali hoch und schlugen mehrfach auf ihn ein. Ali versuchte mit seinen Händen sein Kopf zu schützen, doch es brachte nichts. Ali landete erneut auf dem Boden. Er hatte Nasenbluten und schien ohnmächtig geworden zu sein. Die Jugendlichen flüchteten daraufhin.

Viele stille Bürger hatten das Geschehen beobachtet. Doch niemand zeigte Zivilcourage. Die meisten versuchten es nicht einmal wahrzunehmen und gingen wie Roboter weiter. Einigen Schaulustigen war die Tat gleichgültig. Auch rief niemand die Polizei oder einen Notarzt an.

Ali lag mit Schmerzen auf dem Boden. Er quälte sich, seine Knochen schmerzten. Die ganze Tat dauerte nur wenige Sekunden. Er verstand nichts. In seinem Kopf flogen Fragezeichen. Warum? Wer? Wieso? Auf keine hatte er eine Antwort. Die Schnelligkeit der Tat ließ ihn fühlen, als wäre alles nur ein Traum gewesen. Aber die Realität der Schmerzen machte ihm klar, was gerade geschehen war. Er konnte nicht aufstehen. Daher fühlte es sich an, als würde er eine Ewigkeit auf dem Boden liegen.

„Aliii…", schrie jemand und lief zu ihm rüber.

„Was ist passiert?". Es war Nils. Ein guter Freund von Ali. Sie gingen in dieselbe Schulklasse.

Nils half Ali hoch. Ali konnte immer noch keinen Ton von sich geben.

„Komm, ich bringe dich nach Hause", meinte Nils. So trug er seinen Freund Arm im Arm bis nach Hause. Er klingelte unten im Haus und schrie nach oben: „Bitte kommt schnell runter, Ali ist verletzt."

Emma bekam einen Schock, als sie das hörte. Sofort rannte sie die Stockwerke runter. Unten angekommen, war sie entsetzt.

„Was ist passiert?", fragte sie Nils.

„Ich weiß es nicht, er lag so mitten auf der Straße, als ich kam"

„Ali, was ist passiert?", wiederholte Emma die Frage, diesmal an Ali gerichtet. Dieser sammelte sich so langsam:

„Irgendwelche Spinner haben mich angegriffen."

„Welche Spinner?"

„Ich weiß es nicht. Ich habe sie selbst zum ersten Mal gesehen."

„Warum haben sie dich denn angegriffen?"

„Keine Ahnung. Die kamen einfach und haben mich geschlagen."

Emma war sprachlos. Sie nahm Ali auf den Arm und trug ihn in die Wohnung. Sie versorgte ihn medizinisch. Nils war ebenso wütend wie Ali und Emma.

„Was heißt das, Sie können nichts machen?", fragte Emma entsetzt am Telefon. Sie hatte gerade die Polizei angerufen. Doch da sie die Jugendlichen nicht beschreiben konnten, nahm die Polizei den Fall nicht einmal auf. Sie hatten „besseres zu tun, als sich um eine Jugendrauferei" zu kümmern, sagte man ihr am Telefon. Wütend legte Emma auf.

„Ist schon gut, Mama", meinte Ali, „mir geht es schon besser."

Es ging Emma nicht nur um diese eine Tat, sondern um die vielen Taten, die summiert große Schmerzen hinterließen.

X

„99 Anschläge in drei verschiedenen Städten? Das wird nicht einfach", sagte jemand auf einen Ordner starrend.

„Es müssen auch nicht wirklich 99 sein. Das soll nur symbolisch auf deine Leute wirken. Kriegst du das hin oder nicht?", fragte sein Gegenüber, der ihm den Ordner ausgehändigt hatte.

„Mit genug Geld kriege ich alles hin."

„Das sollte kein Problem sein. Teile uns nur mit, wie viel du brauchst. Hauptsache es fliegt alles in die Luft." Er machte eine kurze Pause und sprach dann weiter: „Und die erste Explosion soll schon morgen geschehen. Das wäre ein Anschlag, den wir schon lange vorbereitet haben. Wir brauchten nur einen Anlass. Den hätten wir jetzt. Im Grunde ist alles vorbereitet. Alles steht in diesem Ordner. Deine Leute müssen es nur ausführen."

Nach etwas Schweigen und Durchblättern der Seiten des Ordners kam die nächste Frage vom Auftragsnehmer: „Auch Zivilisten?"

„Man muss nun einmal Opfer bringen, wenn man große Ziele verfolgt. Wie stellst du dir das denn sonst vor? Wir opfern unsere Zeit, andere Opfern ihr Leben. So ist der Kreislauf der Natur. Alle müssen etwas geben, wenn sie ein großes Ziel erreichen wollen."

„Mir soll es recht sein."

„Sie haben es sich auch nicht anders verdient."

„So soll es sein. Dein Wille geschehe."

„Unser Wille."

„Mir geht es nur ums Geld."

„Wenn du deine Sache korrekt machst, bekommst du so viel Geld, dass du vom Zählen keine Zeit haben wirst, es auszugeben."

Beide Männer standen auf und gaben sich einen Handschlag als Ausdruck ihrer Vereinbarung. Der Auftragsgeber verabschiedete sich. Der Mann mit dem Ordner blieb zunächst im Raum, blätterte noch in den Seiten herum und machte sich dann ebenfalls auf den Weg.

Dann fuhr er ca. eine halbe Stunde in der Nacht durch Landstraßen und kurze Waldwege, ehe er in einer stillgelegten Fabrik außerhalb der Stadt ankam. Dort warteten schon ein Dutzend Männer auf ihn.

„Assalamu alaikum wa rahmatullahi wa barakatuh", grüßte er die Männer, als er die Fabrik betrat. Die Männer grüßten ihn ebenfalls zurück.

Er hob den Ordner in seiner Hand hoch und sprach triumphierend: „Endlich habe ich unseren Plan fertig. Wir werden uns an diesen Ungläubigen rächen. Für alles, was sie uns und unseren Glaubensbrüdern seit Jahren antun. Nichts und Niemand kann uns noch aufhalten. Die Zeit ist reif, meine Brüder. Es kann endlich losgehen. Morgen verüben wir unseren ersten Anschlag. Und danach folgen viele weitere. Hussein und Sisi, ihr kümmert euch um die Durchführung. Alles, was wir brauchen wird geliefert. Zeit und Ort stehen in diesem Ordner. Assad, du sammelst die Leute zusammen. Möge Allah euch und uns helfen."

Hussein nahm den Ordner aus der Hand und schaute grimmig rein: „Was ist mit Dem Netzwerk? Was ist, wenn sie uns dazwischenfunken? Die beobachten doch alles und bekommen ihre Informationen von überall.“

„Mach dir um die keine Sorgen“, sagte der Auftragnehmer, der jetzt zum Aufraggeber wurde, selbstsicher. „Niemand sieht besser als Allah. Allah beschützt uns.“

„Wir brauchen mehr Zeit“, meinte Assad.

„Wofür? Alles, was wir brauchen, steht schon bereit. Liest euch nur den Ordner durch. Dann seht ihr, wie einfach es wird. Außerdem müssen wir es so schnell wie möglich durchziehen, damit keiner Wind von den Plänen bekommt. Und ein paar Wochen später machen wir die nächsten Anschläge.“

Sisi machte eine Bewegung, als würde er etwas sagen wollen, doch der Auftragnehmer hob seine Hand und verabschiedete sich. Nachdem er den Raum verließ meinte Sisi zu den anderen: „Ich traue dem nicht!“

XI

„Ich bin doch kein Rassist. Was fällt dir eigentlich ein?", schrie ein Passant Emma an. Wieder einmal wurde sie auf Grund ihres Kopftuchs beschimpft und beleidigt. Diesmal entgegnete sie dem Passanten, dass dieser seine rassistischen Sprüche für sich behalten solle. Daraufhin regte sich dieser noch mehr auf.

„Da wird man als Rassist beschimpft. Nur weil man gesagt hat, dass auf dieser Straße Kopftücher nicht erlaubt sind. Haben Sie das Schild da vorne nicht gesehen?"

Die Neue Regierung hatte tatsächlich bestimmte Straßen im ganzen Land als "No-Kopftuch-Straßen" deklariert. Diese Straßen durfte man mit einem Kopftuch nicht betreten. Hauptsächlich waren das Straßen mit ausschließlich einheimischen Bewohnern oder mit Einrichtungen wie Polizei, Feuerwehr oder Militär. Auch durften Muslime nur in bestimmten Vierteln wohnen. Wer als Muslim registriert war, wurde in diese Viertel zugewiesen. An Hand von großen Datensammlungen schaute man auch in die Vergangenheit, als Die Neue Regierung noch nicht an der Macht war, und wer sich damals für die Rechte der Muslime einsetzte. Auch diese bekamen nur Wohnungen in diesen ausgewählten Gegenden, selbst wenn sie keine Muslime waren.

„Immer holt ihr die Rassismuskeule raus. Das ist euer Totschlag-Argument. In diesem Land gibt es kein Rassismus."

Emma konnte es nicht mehr ertragen. Sie wollte eigentlich gehen, drehte sich aber um und ging direkt auf den Passanten zu:

„Was weißt du denn über Rassismus? Du bist groß, blond, blauäugig. Wie oft erlebst du denn Rassismus? Woher soll einer wie du wissen, was Alltagsrassismus ist? Wie willst du die Diskriminierung, die viele Menschen täglich erleben, nachvollziehen? Du hast nicht einmal eine Brille und weißt daher nicht einmal, was Brillenträger täglich für Sprüche hören müssen. Ich werde jeden Tag beleidigt, jeden Tag sagt man mir, ich soll in mein Land zurück, weil sie glauben, ich käme aus einem anderen Land. Jeden Tag wechselt man die Straße, wenn man mich sieht. Das erlebe ich Alles jeden Tag. Du bekommst davon nichts mehr. Also halt lieber den Mund."

Sie war so erleichtert, dass sie das alles einmal sagen konnte. Es musste einfach raus. Viel zu lange hatte sie das in sich getragen. Und das war nur die Spitze des Eisbergs, das in ihr kochte und darauf wartete, wie ein Vulkan auszubrechen. Sie hatte es satt, dass Frauen mit Kopftuch als Stellvertreterinnen jedes Geisteskranken, das sich als Muslim ausgab und auf Menschen schoss, angesehen wurden. Die jahrelangen Schikanen belasteten sie psychisch sehr. Doch sie war eine starke Frau und hatte immer wieder alles überstanden. Doch langsam wurde es ihr einfach zu viel.

Der Mann ging erschrocken weiter, ohne ein Wort zu sagen. Emma holte noch einmal tief Luft und ging ihren Weg weiter. Sie verließ die Straße, in der es ein Kopftuch-Verbot gab. Sie war versehentlich in diese Straße abgebogen, nachdem sie in einem Laden eingekauft hatte. Normalerweise kennt sie die für sie gesperrten Straßen in ihrer Gegend.

Ein paar Straßen weiter wiederum musste man in einem ganzen Stadtviertel Mund-Nasen-Masken tragen, hier gab es eine Maskenpflicht. Die Menschen in dieser Gegend lebten im wahrsten Sinne des Wortes in einem Testlabor. Die Neue Regierung hatte hier nach der großen Pandemie vor einigen Jahrzehnten das Forschungszentrum Carola eingerichtet. Hier führten sie verschiedene biologische Tests durch, teilweise auch mit neuartigen Viren. Manche Menschen waren daher in Quarantäne und durften ihr Stadtteil nicht verlassen. Diese Stadtteile durfte man auch nicht von außen betreten. Emma stand gerade vor einem solchen Stadtteil und las an einer Wand mit blutroter Farbe „They don´t really care about us".

Emmas Tante lebte ebenfalls in diesem Stadtteil. Sie hatte sie nun seit 2 Jahren nicht gesehen. Auch hatte sie nichts von ihr gehört. Vielleicht war sie auch schon tot. Sie wusste es nicht. Ein paar Tränen flossen ihr die Wangen herunter, als sie sich an ihre Kindheit gemeinsam mit ihrer Tante erinnerte. „Menschliche Zeiten, vor allem menschenwürdige Zeiten waren das", dachte sie sich innerlich. Aber diese Zeiten waren schon vorbei, vor langer Zeit schon.

XII

Ein riesen Knall erschütterte die gesamte Stadt. Kilometerweit konnte man die Explosion der Bombe hören. Scheiben zersplitterten und lagen überall auf den Straßen. Eine riesige Rauchwolke entstand über der Stadt. Und obwohl es eigentlich mittags war, schien es, als wäre es schon nachts geworden. Die Rauchwolke verdeckte die Sonne.

Menschen schrien und liefen durcheinander. Einige erstarrten durch den Schock und weder schrien noch liefen sie. Niemand konnte sich erklären, was gerade passiert war. Niemand hatte die Zeit, darüber nachzudenken. Sie wollten fliehen. Doch wohin? Ziellos in der Gegend.

Zahllose Verletzte und Tote lagen auf den Straßen. Krankenwagen eilten zum Unglücksort, jedoch reichten die Kapazitäten nicht aus. Auf Grund der geringen Kapazitäten orientierten sich die Helfer an den Punkten. Sie scannten zuerst die Chips der Verletzten. Dadurch ermittelten sie unzählige Infos über diese Personen und deren Punktezahlen. Lag die Punktzahl bei über 90, wurde die Person als sehr wichtig angesehen und daher schnell behandelt. Alle anderen mussten warten, bzw. wurden gar nicht behandelt, wenn sie unter 20 Punkte hatten. Diese waren für Die Neue Regierung nicht lebenswürdig. Ihnen musste man in einem Katastrophenfall, der nun eingetroffen war, nicht helfen.

Auch die Feuerwehr war schnell im Einsatz. Auch hier hielt man sich exakt an die Regeln Der Neuen Regierung im Falle einer Katastrophe. Absolute Priorität hatten dabei Regierungsgebäude.

Schneller als die Krankenwagen und die Feuerwehr waren einige TV-Sender. Man hätte meinen können, dass einige von ihnen schon in den ersten Minuten live vor Ort waren. Sie berichteten schon, bevor die meisten überhaupt verstanden hatten, was gerade passiert war. Auf dem Sender "Breaking News" machte man schon Spekulationen, was gerade passiert war. Ein Cowboy, der sich wie ein Präsident fühlte, sprach von einem Terrorakt. Noch genauer: von einem islamistischen Terrorakt. Er versuchte sich mit Superlativen selbst zu toppen, in dem er die Explosion als einen extremistischen-radikalen-ultra-islamistischen Anschlag einstufte. Dies sei die neue Art des Terrors, da die alte Art, die extremistisch-radikale, nicht mehr reichen würde.

Es wurde in der ersten Stunde der Tat auch schon über Details des Tathergangs gesprochen. Es hieß, dass mehrere Islamisten riesige Mengen an Explosionsmittel in der ganzen Stadt verteilt hätten. Das Zentrum der Explosion wäre ein Internetcafé gewesen. Der Nachrichtendienst und die Polizei würden die Täter früher oder später durch die vielen Überwachungskameras ausfindig machen. Überall gab es Kameras mit Gesichtserkennung. Da Privatsphäre und Datenschutz abgeschafft wurden, wurden technische Möglichkeiten voll ausgenutzt. Und tatsächlich nach nur zwei Stunden nach der Explosion gab es ein Statement des Landes-Polizeichefs.

Er gab in einem kurzen Pressegespräch an, die Täter seien Islamisten. Es gäbe Videoaufnahmen. In kürzester Zeit würde man die Täter identifizieren und festnehmen.

Geschockt lauschte Noah dem Landes-Polizeichef und betrachtete die Bilder im Fernsehen. Ein fassungsloser Anblick. Kein Mensch mit einer Seele konnte an solchen Bildern seine Vergnügung finden. „Ich fasse es nicht", wiederholte Noah immer wieder.

Ali saß neben ihm auf dem Sofa. Der kleine konnte nichts mit dem Geschehen anfangen. Er hatte schon immer wieder von großen Explosionen und Anschlägen gehört, doch nun mussten seine jungen Augen dies selbst einmal betrachten. Trotzdem konnte er nicht glauben, was er sah. Es fühlte sich wie ein Film an. Solche Bilder hatte er in Filmen schon öfters gesehen. Vielleicht war dies auch nur ein Film. Was unterschied die Realität vom Film? Ist alles eine Illusion? Alles nur ein Film? Komische Gedanken kreisten um seinen Kopf.

Sara fragte ihre Mutter: „Mama, waren das wirklich Muslime?" Emma wollte sie ablenken und bat sie, ihr Zimmer aufzuräumen.

Noah ahnte schon, was die Explosion für sie bedeuten würde. Der Druck würde weiter steigen. Die Bevölkerung hatte nun wieder ein Indiz dafür, wie schlecht seine Religion war. Bei dem nächsten Gesetz gegen Muslime würden noch mehr Menschen wegschauen, als ohnehin. Das Schweigen würde mehr werden. So war es nach jedem Anschlag. Es kamen neue Gesetze und Regelungen, die man sonst nicht hätte durchbringen können. „Krieg ist Frieden! Freiheit ist Sklaverei! Unwissenheit ist Stärke!", murmelte Noah schon wieder.

Undifferenzierte Kritik führte dazu, dass der einfache Bürger noch mehr Angst bekam. Nicht nur vor den Radikalen, sondern allgemein vor allen Muslimen, die potenziell als Terroristen – und wenn sie nette Menschen waren als Sleeper, die nur darauf warteten zu explodieren – betrachtet wurden. Überall wurde suggeriert, dass man ihnen nicht trauen durfte, denn sie würden sich verstellen, nur so tun, als wären sie friedlich. In Wirklichkeit würden sie aber Etwas ganz gefährliches im Schilde führen. Ihre tatsächlichen Positionen spielten daher keine Rolle, denn ihre Aussagen oder Taten aus der Vergangenheit wurden verzerrt wiedergegeben. Die zunehmende rhetorische Ausbürgerung führte zur Ausgrenzung. Muslime wurden nicht mehr als Teil der Gesellschaft wahrgenommen, sondern als Problem. So stieg die Diskriminierung gegenüber Muslimen immer weiter an. Die, die dann Angst vor dem Islam hatten, schritten nicht ein, sondern duldeten es gewissermaßen, weil sie dachten, so, vom Übel Islam befreit zu werden, damit auch vor ihrer eigenen Angst.

Auch Emma erwartete nichts Gutes. Sie ging schon in ihrem Kopf mehrere Diskussionen und Streitereien mit den Nachbarn durch. Sie spielte alles in ihrem Kopfkino ab. Was die Nachbarn sagen würden, wie man sie auf der Straße beschimpfen würde, wie sie sich verteidigen würde, welche Argumente sie benutzen würde. Das Nachdenken machte ihr inzwischen Kopfschmerzen. Deshalb holte sie sich eine Kopfschmerztablette.

Noah schaute sich noch einige weitere Berichte an, bis es dann plötzlich an ihrer Tür klopfte. Noah gingen die wildesten Szenarien durch den Kopf. Waren das die Nachbarn, die die Familie nun beschuldigen würden? Würden Beamte Der Neuen Regierung die Wohnung stürmen? Noah und Ali waren ja noch vor kurzem befragt worden.

Mit langsamen Schritten wagte sich Noah an die Tür und wollte eigentlich langsam die Tür aufmachen. Doch schon als er die Tür nur etwas aufmachte, wurde er weggedrückt gegen die Wand. Mehrere Polizisten knallten die Tür auf, stürmten in die Wohnung und hielten ihre Waffen überall hin. Emma kam gerade von der Küche und schrie vor Schreck. Sara war ebenfalls aus ihrem Zimmer gekommen und weinte vor Angst. Sie rannte sofort zu ihrer Mutter, die sie schützend umarmte.

Noah konnte sich nicht bewegen, da mehrere Polizisten die Tür gegen ihn drückten. Er sah nur, wie sich drei Polizisten auf Ali stürzten. Er traute seinen Augen nicht. Die Polizisten drückten Ali auf den Boden und fesselten seine Hände. Einer der Polizisten richtete ständig seine Waffe auf Ali. Auch auf Emma und Noah waren Waffen gerichtet. Ali weinte vor Angst.

Die Welt drehte sich im Kopf von Noah. Alles kam ihm so surreal vor. Wie ein schlechter Traum, ein Alptraum. Was geschah hier gerade? Nichts konnte er sich erklären. Durch den Schock hatte er in diesen wenigen Momenten auch die Explosion vergessen.

Alles um ihn herum hatte er vergessen. Sein Verstand war im Ruhezustand.

Die Polizisten nahmen Ali mit und verschwanden. Alles hatte nur wenige Sekunden gedauert. Noah war noch in Schockstarre. Als er realisierte, was gerade passiert war, rannte er sofort die Treppen hinunter. Emma und Sara schrien und weinten. Noah konnte nur noch sehen, wie die Polizisten mit Ali wegfuhren. Noah rannte ihnen noch mehrere Meter hinterher. Doch die Fahrzeuge waren zu schnell, es hatte keinen Sinn. Völlig aus der Puste stürzte Noah zu Boden und blieb dort weinend und entsetzt liegen. Anwohner schauten neugierig zu, unternahmen jedoch nichts.

Inzwischen war auch schon Emma auf der Straße und rannte zu Noah. Sara blieb vor der Haustür stehen und war weiterhin am Weinen. Gefühlt jede Träne ihres Körpers hatte sie schon ausgeweint.

XIII

90 Minuten vor der Explosion…

Ali und seine Freunde waren wieder auf dem Fußballplatz. Sie spielten schon eine ganze Weile, als plötzlich ein Fahrzeug anhielt und ein Mann ausstieg.

Der Mann schaute sich erst um und näherte sich dann dem Platz, an dem die Kinder spielten. Diese hatten ihn noch nicht bemerkt. Der Mann betrachtete kurz das Spiel und sprach dann mit den Kindern:

„Hallo Jungs, ihr spielt ja richtig gut." Die Kinder schauten sich neugierig den Mann an.

„Ich habe früher auch richtig viel Fußball gespielt. Auch auf diesem Platz. Das hat eine Menge Spaß gemacht", fügte er hinzu. Doch die Kinder antworteten ihm nicht. Er konnte sie zu keinem Gespräch überzeugen, also versuchte er es mit einem anderen Thema:

„Also gut. Vielleicht könnt ihr mir ja helfen? Mein Sohn hat etwas zu Hause vergessen und braucht es dringend. Ich kann aber nicht zu ihm fahren, weil ich woanders hinmuss. Wäret ihr so nett und könntet es ihm bringen? Das ist auch nicht weit von hier."

Die Jungs schauten sich an und einer von ihnen antwortete: „Was soll denn wohin?"

Der Mann nahm eine Kette, eine Gebetskette aus der Tasche. „Dies ist seine Lieblingskette. Es würde ausreichen, wenn ihr sie in den Postkasten wirft. Ihr müsst auch nicht alle dahin. Es reicht, wenn du hingehst", dabei zeigte er auf Ali. Ali stutzte eine Sekunde, sagte aber gleich zu, da er nicht unfreundlich wirken wollte. Er nahm die Kette und fragte nach der Adresse. Der Mann beschrieb ihm den Weg. Er bedankte sich zum Abschluss, sprang in sein Auto und fuhr los. Im Auto rief er jemanden an und redete nur ganz kurz: „Sissi? Hier ist Hussein. Es geht los."

Ali kannte die Straßen, die der Mann beschrieben hatte. Mit Leichtigkeit fand er auch das Gebäude, zu dem er sollte. Angekommen am Ziel, schaute er sich noch etwas um, ob er da auch wirklich richtig war. Denn er stand vor einem Internetcafé. An der Eingangstür stand „Geschlossen! Bitte Post in den Postkasten werfen." Die Beschreibung passte aber. Und der Mann hatte ja gesagt, er könne die Gebetskette auch in den Postkasten werfen. So wie es auch an der Eingangstür stand. Ein purer Zufall dachte er sich und warf die Gebetskette in den Postkasten. Danach machte er sich auf den Weg nach Hause.

XIV

Ali war nun zum zweiten Mal in kurzer Zeit in einem Verhör. Der Raum war dunkel und kalt. Er blieb dort eine lange Zeit allein. Wie lange, konnte er nicht sagen. Es gab keine Uhr an den Wänden. Auch wenn, hatte er sein Zeitgefühl komplett verloren. In seinem kindlichen Kopf, dass vorhin noch Fußball spielte und Spaß mit Freunden hatte, war plötzlich eine Welt voller Fragen und Chaos. Er hatte sogar Angst, nachzudenken. Das Denken brachte ihn nur auf negative Gedanken. Er wollte deshalb nur Warten. Warten, bis jemand kommt und ihm sagt, was los war. Was Anderes als Warten konnte er im Moment auch nicht. Er hoffte sich, dass sein Vater kommen würde und ihn wieder nach Hause fahren würde, weil sich herausstellen würde, dass alles ein Missverständnis war. Denn er konnte sich nicht im Geringsten vorstellen, warum er diesmal festgenommen wurde. Er hatte wie häufig keine Erklärungen und keine Antworten im Kopf. Dies machte ihn noch unsicherer und ängstlicher.

Irgendwann kam ein Mann mit einem Laptop rein. Schweigend setzte er sich seitlich auf den Tisch, schaltete den Laptop ein und lies ein Video abspielen. Auf Videoaufnahmen von Straßenkameras war zu sehen, wie Ali die Gebetskette in den Postkasten des Internetcafés wirft. Jenes Internetcafé, welches das Zentrum der Explosion war. Ali verstand nicht, was das Ganze zu bedeuten hatte.

Der Vernehmer klappte den Laptop zu und fragte nun Ali: „Was sagst du dazu?"

Ali konnte nichts sagen, denn er verstand immer noch nichts. Viele Tränen flossen ihm aus den Augen die Wangen herunter.

Der Vernehmer sagte dann mit einer sanften Stimme: „Hör mal kleiner. Wenn du alles zugibst, kommst du vielleicht viel schneller wieder raus. Wenn du nichts zugibst, wirst du hier Wochen, Monate, vielleicht Jahre verbringen. Ohne deine Eltern, ohne deine Schwester, ohne deine Freunde. Das willst du doch mit Sicherheit nicht."

Schon der Gedanke daran löste bei Ali Angst und Panik aus.

„Was soll ich den zugeben?", fragte er weinend.

„Nichts, was du nicht getan hast. Du sollst nur das zugeben, was du getan hast?"

„Was habe ich den getan?"

Der Vernehmer schwieg kurz, schaute Ali in die Augen und sagte dann: „Die Bombenexplosion."

Ali erschreckte: „Nein, nein. Damit habe ich nichts zu tun."

Der Vernehmer stand nun vom Tisch auf und beugte sich zu Ali: „Hier im Video ist ganz eindeutig zu sehen, dass du nur kurze Zeit vor der Explosion vor dem Internetcafé warst. Genau da, wo die Bomben detoniert waren."

„Nein, ich war das nicht. Ich habe nur eine Gebetskette für einen Mann dorthin gebracht. Ich schwöre es ihnen. Ich habe mit meinen Freunden

Fußball gespielt und dann kam dieser Mann und bat uns darum, diese Kette zu seinem Sohn zu bringen.“

„Die gleiche Kette, von der du schon einmal berichtet hast?“

„Ich…, ich weiß nicht.“ Ali erinnerte sich nicht mehr daran, dass er schon beim letzten Verhör von einer Gebetskette gesprochen hatte.

„Weißt du was? Ich gehe jetzt nach Hause. Esse ein leckeres Gericht. Spiele dann mit meinen Kindern. Und morgen komme ich wieder. Und du bleibst bis dahin hier sitzen. Einverstanden?“

„Nein, bitte nicht, ich bitte sie.“

Der Vernehmer sagte jedoch nichts mehr. Nahm sein Laptop unter den Arm und verschwand. Die Tür hinter sich schloss er ab. Ali war nun noch verzweifelter als vorher. Ihm wurde eine Bombenexplosion vorgeworfen. Dabei hatte er nur helfen wollen.

Ali kroch sich in eine Ecke und versuchte sich zu beruhigen.

XV

Noah fuhr mit dem Auto zum nächsten Polizeirevier. Zum selben Revier, auf dem Ali vor kurzem verhört wurde. Noah raste ins Gebäude und wurde direkt am Eingang schon von einem Polizisten aufgehalten.

„Moment mal, nicht so hastig. Wo wollen Sie denn hin?"

„Mein Sohn wurde festgenommen. Er muss vor kurzer Zeit hierhergebracht worden sein."

„Nein, heute ist niemand hierhergebracht worden. Weder ein Kind noch ein Erwachsener. Versuchen Sie woanders ihr Glück."

„Aber er muss hier sein. Ihre Kollegen haben ihn gerade von zu Hause herausgezerrt und mitgenommen, ohne ein Wort zu sagen."

Der Polizist wurde bestimmender: „Ich habe gesagt, hier ist niemand. Jetzt gehen Sie weg." Dabei schupste er Noah zur Seite.

Noah hatte jedoch nur seinen Sohn im Kopf und wie es ihm wohl ergehen müsse. Also versuchte er noch einmal ins Gebäude einzutreten. Der Polizist hielt ihn fest. Andere kamen ihm zur Hilfe. Noah wurde mit Tritten und Schlägen auf den Boden gedrückt. Er konnte sich kaum wehren. Sie waren zu viele. Auf dem Boden wurde er mit Handschellen gefesselt. Auch nachdem er gefesselt wurde und sich nicht wehren konnte, schlugen mehrere Polizisten auf ihn ein, bis er bewusstlos wurde. Noah wurde daraufhin aufs Revier gebracht und in einer Zelle eingesperrt. Nun war er doch im Revier, aber nicht so, wie er wollte.

Als Noah langsam zu sich kam, hatte er Schmerzen im ganzen Körper. An mehreren Stellen hatte er Beulen und blaue Flecke. Aus dem Mund spuckte er noch etwas Blut.

Er schaute sich um und bemerkte, dass er in einer Zelle eingesperrt war. Mit Schmerzen stand er auf und klammerte sich an den Gittern.

„Heeey, hört mich jemand? Holt mich hier raus." Egal, wie laut Noah schrie, es tat sich nichts.

Ali und Noah befanden sich beide gleichzeitig in Gewahrsam, ohne zu wissen, dass der andere im gleichen Zustand war. Beide saßen hoffnungslos eingesperrt und wussten nicht, was ihnen als nächstes widerfahren würde.

Nach mehreren Stunden kam endlich jemand zu Noah und öffnete die Zelle. „Raus mit Ihnen", sagte der Mann. Noah hatte keine Kraft mehr irgendetwas zu erfragen und er wusste, dass er Ali hier nicht finden würde. Also ging er mit langsamen Schritten aus der Zelle und verließ ohne ein Wort zu sagen das Polizeirevier.

Seine Punktzahl müsste wahrscheinlich tief gesunken sein, doch daran dachte er nicht mehr. Seine kompletten Gedanken waren damit beschäftigt, herauszufinden, wie er Ali finden könnte. Im Moment fiel ihm dazu jedoch nichts ein.

XVI

In den Medien drehte sich alles nur noch um die Explosion. Dabei wurden nicht nur Fakten wiedergegeben, sondern auch wildeste Theorien über den Tathergang.

Wo sich jedoch alle - Bürger, Politiker, Medien - einig waren, war, dass es sich um einen islamistischen Anschlag handelte. Dadurch fühlte sich Die Neue Regierung in ihren Verboten gegen Muslime noch einmal bestätigt. Bei jedem Anschlag bekam Die Neue Regierung immer mehr Anhänger. Diese Taktik verwendeten sie in der Vergangenheit auch bei jeder Wahl. Vor den Wahlen gab es immer wieder Anschläge, die die Politik Der Neuen Regierung legitimierten. Heutzutage gab es jedoch keine Wahlen mehr, da es keine Parteien mehr gab. Die Neue Regierung hatte nur wenige Jahre nach der Machtübernahme die Existenz jeglicher Parteien zunächst relativiert und danach für unnötig erklärt. Ohnehin hatten sie keine Anhänger mehr, bzw. niemand würde offen zugeben, eine andere Politik oder Partei zu befürworten.

Die Neue Regierung konnte Anfangs jedoch nur deshalb gewählt werden, weil sie zuvor überall — vor allem in den Sicherheitsbehörden — Mitglieder hatte, die verdeckt agierten. Es war ein unübersichtliches Netzwerk aufgebaut worden, das von vielen nur als Das Netzwerk bezeichnet wurde. Bei den Wahlen gab Das Netzwerk der Neuen

Regierung vollste Unterstützung. Bürger fürchteten, vom Netzwerk ergriffen und abgeschleppt zu werden. Später wandelte sich Das Netzwerk zum Nachrichtendienst Der Neuen Regierung.

Nicht nur Muslime, sondern auch andere wurden durch Die Neue Regierung unter Druck gesetzt. Doch viele hatten keine Kraft mehr, etwas dagegen zu unternehmen. Daher war es nicht ganz klar, ob die Mehrheit tatsächlich hinter Der Neuen Regierung war, oder ob sie durch Angst nichts unternahmen.

Doch nach jedem Anschlag stieg die Akzeptanz Der Neuen Regierung. Sie wurde immer bedeutender und wichtiger für einen wachsenden Teil der Bevölkerung.

Der Regierungschef hielt gerade eine Presseerklärung. Er sagte, dass ein international agierendes Terrornetzwerk hinter dem Anschlag stecken würde und sie schon ein Mitglied dieser Terrorzelle gefasst hätten. Medien stürzten sich auf diese Aussagen und wollten weitere Erklärungen vom Regierungschef. Dieser machte jedoch keine weiteren Anmerkungen und beendete das Pressegespräch.

Emma, die sich die Presseerklärung zu Hause anschaute, war kurz vor einem Nervenzusammenbruch. Ali war verschwunden, Noah meldete sich seit Stunden nicht mehr. Sara schlief unschuldig und unklar über die momentane Lage in ihrem Zimmer.

Plötzlich ging die Tür auf und Noah kam herein. Emma stürmte auf ihn und fragte gleich nach Ali. Doch Noah musste sie vertrösten.

Sie setzen sich beide auf das Sofa.

„Und? Was jetzt?". fragte Emma verzweifelt.

Noah seufzte kurz und gab eine kurze Antwort:

„Ich weiß es nicht, aber ich denke, dass ganze hat etwas mit dem Anschlag zu tun. Vielleicht…, vielleicht nehmen sie nun mehrere Personen fest, fragen sie aus und lassen sie wieder gehen."

„Aber doch nicht Ali? Er ist noch ein Kind."

„Ich weiß es nicht. Vielleicht haben sie ihn ja festgenommen, weil er vor kurzem schon einmal aufgefallen ist. Auf dem Polizeirevier scheint er jedenfalls nicht zu sein."

In diesem Moment klingelte Noahs Telefon. Noah nahm ab. Der Anrufer am anderen Ende der Leitung sagte nur: „Morgen, 11 Uhr, am Stiefel der Stadt. Seien Sie pünktlich da!" Das Gespräch war zu Ende, noch bevor Noah etwas sagen oder fragen konnte. Er sagte noch ein paarmal „Hallo, hallo, wer sind Sie?", aber der Anrufer hatte schon aufgelegt.

Emma fragte, „Was ist? Wer war das?"

Noah antwortete: „Ich weiß es nicht. Ich soll morgen um 11 Uhr zum Stiefel der Stadt. Keine Ahnung, warum, wer das war und wo das sein soll."

„Warum spielen sie ein Spielchen mit uns? Wieso sollen wir irgendwo hin? Ich will mein Kind wiederhaben."

Noah umarmte Emma fest, „Beruhige dich, Emma. Ich weiß nicht, was los ist. Aber ich werde alles unternehmen, um Ali zu finden. Ich werde morgen dahingehen und dann werden wir sehen, ob es mit Ali zu tun hat oder nicht."

Im Kopf war Noah mit dem kurzen Telefonat beschäftigt. Warum rief ihn jemand so geheimnisvoll an? Hatte das etwas mit Ali zu tun? Am Stiefel der Stadt? Was könnte das heißen? Oder wo könnte das sein? Einen solchen Ort kannte er nicht. Er holte sich einen Stadtplan, den er im Bücherregal hatte und schaute nach, ob es eine solche Gegend gab.

„Vielleicht heißt die Straße so? Stiefelstr.?", meinte Emma. Jedoch gab es auch im Straßenverzeichnis keine Straße, die so hieß.

Noah suchte auch im Internet, aber es war nichts zu finden. Stiefel der Stadt war unauffindbar.

Sara stand gerade auf, kam aus ihrem Zimmer und setzte sich zu Emma und Noah. Sie sah, wie ratlos ihre Eltern waren. Sie grübelten vor sich hin. Noah murmelte „Stiefel der Stadt, Stiefel der Stadt." Sara überlegte nicht lange und sagte: „Italien." Aber Noah und Emma waren so vertieft im "Rätsel", dass sie Sara nicht hörten. Also wiederholte sie ihre Antwort:

„Italien."

Noah bemerkte, dass Sara etwas gesagt hatte:

„Was hast du gesagt, mein Schatz?", fragte Noah nach.

„Italien."

„Italien?"

„Ja, Italien ist doch ein Stiefel. Hat man uns in der Schule so beigebracht."

Noah und Emma schauten sich an. Noah sagte aufgeregt:

„Das ist es. Italien. Die italienische Gegend der Stadt. Das muss es sein."

Noah und Emma umarmten Sara. Sara war überglücklich, ihre Eltern in diesen schweren Zeiten glücklich gemacht zu haben, ohne jedoch genau zu wissen, warum sie eigentlich nach dem Stiefel der Stadt suchten.

Keiner von ihnen konnte in dieser Nacht richtig schlafen. Alle Gedanken drehten sich um Ali. Emma lag gemeinsam mit Sara in Alis Bett. Sie wollte dessen Geruch in ihrer Nase spüren und drückte deshalb fest seine Bettwäsche an sich.

XVII

Noah war noch nie in dieser Gegend gewesen. Alles hier war so fremd für ihn. Die Gassen waren beschmutzt. Müll lag überall auf den Straßen. Mauer und Hauswände waren beschmiert. Auf einer Mauer stand: „Stop existing, Start living!" Auf einer anderen stand: „Chance the face of history, Hear our Voice, We have a choice, It´s time to face it!" Es schien so, als hätte Die Neue Regierung diese Gegend "vergessen".

Noah kam nun ins Zentrum der Gegend an. Es war ein breiter Platz. Hier müsste wohl der Treffpunkt sein, dachte sich Noah. Er schaute sich noch etwas in der Gegend um. Außer ihm schien noch niemand da zu sein. Er war auch recht früh da. Denn er wollte keine Zeit verlieren und dachte sich daher „lieber zu früh, als zu spät".

Eine Weile lang tat sich gar nichts. Bis auf ein paar Passanten, war niemand so früh auf der Straße. Dann kam wie aus dem Nichts rasend ein weißer Transporter angefahren. Die Räder quietschend hielt es vor Noah an. Aus dem Rückteil sprangen zwei vermummte Männer heraus, die Noah schnell in den Transporter zerrten. Die Tür ging zu und der Transporter fuhr weiter.

Wieder befand sich Noah in einer Situation, für die er keine Erklärung hatte. Doch diesmal dauerte sein fragender Zustand nicht lange, denn einer der Männer zog seine Maske runter und gab Noah eine beruhigende Erklärung: „Keine Sorge. Wir sind Die Gruppe. Wir werden dir helfen." Noah sagte nichts. Auch die Männer im Transporter, insgesamt drei, sprachen nicht weiter. Es gab ein Schweigen. Die ganze Fahrt lang.

Nach 15 Minuten stoppte das Fahrzeug in einem kleinen Waldgebiet. Dort stiegen alle aus. Sie waren jedoch noch nicht am Zielort angekommen. Nun ging es zu Fuß durch den Wald weiter.

Irgendwo, in der Mitte des Waldes, blieben die Männer stehen. Einer sagte: „Da sind wir. Hier können wir alles in Ruhe besprechen." Noah schaute sich verwundert an. Das sah nicht nach einem Geheimversteck aus. Auch diese Frage in seinem Kopf wurde schnell beantwortet:

„Wunder dich nicht. Wir haben keinen festen Treffpunkt. Das Netzwerk späht uns immer aus. Daher wählen wir unsere Orte willkürlich und spontan aus."

Ein anderer fügte hinzu:

„Und kein Ort wird zweimal zum Treffpunkt."

„Wie könnt ihr mir helfen?", war das erste was aus Noahs Mund kam.

„Du willst natürlich sofort deinen Sohn wiederhaben. Das verstehen wir. Aber das wird nicht so einfach sein."

„Warum sollte ich euch trauen?"

„Weil wir deine einzige Option sind. Du hast keine andere Option, um deinen Sohn wieder zu sehen. Diesmal werden sie ihn nicht einfach so freilaufen lassen. Sie wollen ein Exempel statuieren."

„Was wollt ihr von mir? Woher wisst ihr von meinem Sohn und warum wollt ihr mir helfen?"

„Wir haben unsere eigenen Informanten. Hinter der Explosion steckt Das Netzwerk. Sie wollen, dass es diesem Land so schlecht wie möglich geht, damit sie jede Legitimation für ihre verfluchte Ideologie bekommen. Mit deinem Sohn wollen sie zeigen, dass auch Kinder nicht unschuldig sind. Sie wollen sozusagen ein neues Terrorristenbild generieren. Kinder als Terroristen. Die Gesellschaft muss sich erst daran gewöhnen. Dein Sohn macht den Anfang. Weitere werden folgen. Und wenn sich alle daran gewöhnt haben und einverstanden mit willkürlichen Gesetzen sind, wird knallhart durchgegriffen werden, auch gegen Kinder."

Der dritte Mann, der bisher nichts gesagt hatte, schaltete sich ins Gespräch ein:

„Wir kämpfen mit aller Macht im Untergrund gegen Die Neue Regierung und Das Netzwerk. Und wir wollen dir helfen, deinen Sohn zu befreien."

Noah wusste noch nicht so genau, ob er den Männern trauen sollte oder nicht, aber er war sich auch dessen bewusst, dass er keine andere Wahl im Moment hatte und alles tun wollte, um Ali zu befreien:

„O.k. Ich vertraue euch. Was sollen wir tun?"

„Es gibt einen Verbindungsmann zwischen Dem Netzwerk und Den Radikalen, die den Anschlag in dessen Auftrag ausgeführt haben. Er agiert in beiden. Er ist so etwas wie eine Schlüsselperson. Wenn du ihn auffinden und entlarven könntest, wären wir einen Schritt weiter."

„In wieweit würde das meinem Sohn helfen?"

„Wir könnten der Welt beweisen, wer wirklich hinter diesem Anschlag steckt. Ich weiß nicht, ob das wirklich helfen wird. Aber im Moment sieht es so aus, als wäre deine einzige Chance, zu zeigen, wer wirklich hinter dem Anschlag steckt. Ansonsten wirst du mit anderen Beweisen deinen Sohn nicht befreien können."

„Wie soll ich diesen Verbindungsmann finden?"

„Die beste Möglichkeit wäre wohl, erst Die Radikalen zu finden. Wenn du ihr Vertrauen gewinnst, wirst du sicherlich auch den Verbindungsmann kennenlernen."

Noah dachte nach. Er war sich nicht sicher, ob dieser Plan aufgehen würde, ob das überhaupt etwas bringen würde. Aber immerhin war es ein Plan, denn er selbst hatte keine Idee, was er sonst machen könnte. Und solange er selbst keinen Plan hatte, konnte er diesem Nachgehen.

„O.k. Ich mach´s."

Die Männer schauten sich an und nickten erleichtert ihre Köpfe. Einer von ihnen kam nun zu Noah und gab ihm ein altes Handy und einen Zettel:

„Hiermit bleiben wir in Kontakt. Rufe uns nur hiermit an. Der ist präpariert, so dass man es nicht abhören kann. Außerdem hat er auch kein GPS und kein Internetzugang. Der sollte zumindest erst einmal sicher sein. Speichere aber keine Nummern ab und lösche nach jedem Anruf die Anrufliste. Auf dem Zettel steht eine Telefonnummer von uns. Lerne die Nummer auswendig und verbrenne dann den Zettel."

Noah nahm das Handy und fragte noch nach:

„Inwieweit werdet ihr mir bei der Suche helfen können?"

„Wir werden auf unsere Art und Weise schauen, ob wir den Verbindungsmann oder den Aufenthalt deines Sohnes finden können."

Einer der anderen Männer schaute auf die Uhr uns sagte:

„Die Zeit ist um, wir müssen los."

Die Gruppe hatte sich angewöhnt, nicht zu lange an einem öffentlichen Ort zu verweilen, um nicht aufzufallen. Daher stiegen sie alle gemeinsam mit Noah wieder in den Transporter und fuhren zurück in die Nähe des ursprünglichen Treffpunkts. Dort stieg Noah wieder aus und überlegte, wohin er als erstes hinsollte.

XVIII

„Die Kette hat dir also ein Mann gegeben? Dann beschreib ihn mal.“

Ali wurde erneut von der gleichen Person verhört. Er hatte ihnen schon alles gesagt, was er wusste, aber trotzdem wurde er immer wieder mit den gleichen Fragen konfrontiert, als würde man ihm nicht zuhören oder glauben.

„Der Mann war nicht so lang. Er war ein bisschen pummelig, aber nicht zu dick. Er hatte kurze schwarze Haare und einen auffälligen Schnäuzer.“

„Und was hast du mit der Kette gemacht?“

„Ich habe sie in den Postkasten geworfen, so wie es der Mann wollte. Mehr weiß ich wirklich nicht. Wie lange wollen sie mich hier halten? Ich will zurück zu meinen Eltern.“

„Nun mal langsam. Vielleicht bist du ja ein Komplize dieses Mannes. Vielleicht war die Kette ja eine Bombe oder ein Auslöser einer Bombe oder ein Zeichen, für jemanden, der die Bombe auslösen sollte. Und du hast die Kette transportiert. Daher können wir dich nicht nach Hause schicken, ehe wir genaueres wissen.“

„Aber ich bin noch ein Kind. Wie hätte ich so etwas planen können? Ich habe damit nichts zu tun.“

„Das wissen wir noch nicht. Die Kette ist vielleicht euer Verbindungsstück, eine Art Nachricht. Aber eins sei dir gesagt, so schnell kommst du hier nicht wieder raus.“

„Ich habe nichts getan", schrie Ali verzweifelt aus sich heraus.

„Soll ich dir einen Gefallen tun? Wenn du uns alles beichtest, dann kommst du schneller hier raus. Deine Strafe wird dann reduziert werden, aber wenn du nicht beichtest und wir belegen selbst deine Mittäterschaft, und glaube mir, das werden wir, dann wirst du noch länger hier verweilen. Also noch einmal. Mit wem zusammen hast du die Tat geplant? Wo ist euer Versteck? Wer ist euer Anführer?"

Alis Kopf brummte schon. Er hatte starke Kopfschmerzen. Alles kam ihm wie ein Alptraum vor. Die Fragen und Bemerkungen des Vernehmers verzweifelten ihn noch mehr.

„Ich weiß von nichts. Ich habe nur die Kette dahin gebracht, weil ich dem Mann helfen wollte. Fragen Sie die anderen Kinder, wenn Sie mir nicht glauben", sagte Ali.

„Das haben wir schon. Die wissen von nichts. Weder von einem Fußballspiel, dass ihr gespielt haben sollt, noch von einem Mann."

Ali starrte ihn ungläubig an. Beide schauten sich in die Augen. Ali war sich sicher, dass seine Freunde eine solche Aussage nicht machen würden. Doch sein Kopf war hin- und hergerissen. So viel hatte er in dieser kurzen Zeit erlebt. Könnten also seine Freunde ihn doch hintergangen haben? Haben sie bewusst eine Falschaussage gemacht, um sich selber freizusprechen? Oder sind sie vielleicht auch festgenommen worden und wurden zu einer solchen Aussage gezwungen? Ali wusste nicht, welchem Gedanken er glauben sollte.

Der Vernehmer machte auch keine weiteren Angaben dazu. Er stand einfach nur auf und verließ den Raum. Das Verhör endete damit und Ali blieb wieder ganz allein im Raum. Er war erst seit einem Tag an diesem Ort, doch ihm kam es jetzt schon vor wie eine Ewigkeit. Es war ihm kalt und düster. Er wusste nicht, ob es morgens oder abends war. In seinem Raum gab es keine Fenster. Hin und wieder brachte ihm jemand etwas zu essen und zu trinken. Nur das nötigste. Er konnte jedoch kaum essen, weil er keinen Appetit oder Hunger verspürte.

XIX

Michel saß in einem Café. Er war vertieft in Gedanken. Was würde nun nach der Explosion passieren? Wie würde sich eventuell alles ändern? Er suchte Antworten auf seine Fragen, doch es gab zu viele Unbekannte in seiner Rechnung.

Vom Café aus beobachtete er, wie ein alter Mann auf der Straße nach einem Weg suchte. Der alte Mann starte auf ein Blatt Papier und sagte verwirrt „Allahu Akbar", so nach dem Motto „Mein Gott, wo ist die Adresse?" Dabei kamen ihm Passanten entgegen und beschimpften ihn lautstark. Sie beleidigten ihn als islamistischen Terroristen und meinten, er solle in seine Heimat zurückkehren.

Michel wollte gerade aufstehen und etwas sagen, doch die Passanten gingen schon wieder weiter. Auch der alte Mann schien nicht beeindruckt zu sein, so als würde er das jeden Tag erleben. Michel ging trotzdem zu dem Mann und fragte, ob er ihm behilflich sein könnte.

„Suchen Sie eine bestimmte Adresse? Kann ich Ihnen behilflich sein."

„Nein, danke. Ich danke Ihnen vielmals, ich habe mich nur etwas verirrt. Ich komme schon zurecht."

„Ich habe beobachtet, wie Sie gerade beschimpft und beleidigt wurden. Sie haben aber nicht reagiert. Warum nicht?"

Der alte Mann lächelte und sagte:

„Ach wissen Sie, an solche Beleidigungen hat man sich schon gewöhnt."

„Ich finde, Sie sollten sich nicht daran gewöhnen."

„Was soll ich alter Mann denn schon dagegen unternehmen? Und gegen welche der vielen Beleidigungen soll ich denn was machen? Dann müsste ich ja den ganzen Tag damit verbringen."

„Tut Ihnen das den nicht weh?"

„Ah, solche offenen verbalen Beschimpfungen, wie gerade eben, sind eher zu ertragen als die vielen unterschwelligen und im Nebenher geäußerten Bemerkungen. Diskriminierung durch unterschwelliges, kaum fassbares Verhalten und beabsichtigte oder unbeabsichtigte Demütigungen sind Teil alltäglicher Kommunikation, an denen wir Muslime uns nur schwer gewöhnen können. Diese sollte man bekämpfen."

Der alte Mann machte eine kurze Pause und starrte wieder auf ein Blatt, bevor er noch sagte: „Aber dazu bin eben auch zu alt." Er drehte sich um ging weiter.

Michel kam sich so hilflos, so ohnmächtig vor. Er konnte nichts machen. Im Grunde hatte der alte Mann recht. Es war schon so viel passiert, er allein konnte nichts mehr daran ändern. Man hätte schon viel früher einlenken müssen, wo es noch ging, wo jedoch jeder weggeschaut oder „Sie haben es nicht anders verdient" gedacht hatte.

Plötzlich hörte Michel im Lokal nebenan: „Allahu Akbar, was soll denn das?" Ein junger Gast beschwerte sich beim Kellner.

„Das habe ich doch gar nicht bestellt."

Der Kellner erwiderte:

„Ich habe Ihnen doch extra das Schweinefleisch entfernt."

„Ich wollte aber mein Essen mit Schweinefleisch. Was fällt Ihnen denn ein?"

„Ich wollte Ihnen doch nur einen Gefallen tun, da ich dachte, dass Sie als Muslim kein Schweinefleisch essen."

„Wer sagt denn, dass ich ein Muslim bin?"

„Aber ich habe mitgekriegt, wie Sie am Tisch telefoniert haben und öfters Allah gesagt haben."

„Ja und? Ich bin Christ. Und meine Muttersprache ist arabisch. Allah heißt auf Arabisch Gott. Wenn christliche Araber Gott sagen, sagen Sie auch Allah. Das ist nur die Übersetzung. Meine Güte, hier esse ich nichts mehr."

Der Kellner konnte ihm nur noch entgegnen:

„Tut mir leid, wenn man Allah hört, denkt man automatisch an Muslime." Aber der junge Gast hörte ihn nicht mehr und verließ das Lokal.

Verkehrte Welt, dachte sich Michel nur. Eine Welt mit Missverständnissen und Vorurteilen und keinerlei Verständnis oder Respekt füreinander.

XX

Noah rief Emma kurz an und teilte ihr mit, dass er noch etwas zu tun hätte. Er wollte am Telefon nicht so offen reden, auf Grund der Möglichkeit, dass man abgehört werden konnte. Emma machte sich große Sorgen, doch sie wusste, dass sie etwas unternehmen mussten, um an Ali heranzukommen. Auch sie hatte etwas unternommen. Sie hatte mehrere Telefonate mit Behörden geführt, ohne Ergebnis. Niemand wollte oder konnte ihr eine Auskunft geben. Also musste Noah diesen Weg gehen.

Noah kannte in seinem Umfeld keinen einzigen Radikalen oder Extremisten. Also musste er sich erst umhören. Er begab sich in eine Gegend, wo er Radikale vermutete. Von diesen wollte er Informationen herauslocken, die ihn vielleicht weiterbringen würden.

Diese Gegend war genauso verwahrlost, wie die Gegend, in der das Treffen mit Der Gruppe stattfand. Noah war schon einmal hier gewesen. Er musste hier einmal durchfahren, als er zu einem Freund wollte. Schon damals fiel ihm diese Gegend auf. Der Grund jedoch, warum er hier Radikale vermutete, war, dass die Muslime aus dieser Ortschaft die Moscheen der anderen Orte bewusst mieden. Das war in der Community bekannt. Sie übten immer wieder Kritik aus und waren permanent in der Opposition, egal um welches Thema es ging. Daher entstand bei Noah und bei vielen anderen die

Annahme, dass in dieser Gegend Personen sein mussten, die sich radikalisiert haben. Daher wollte er mit seiner Suche genau hier beginnen.

Noah wusste aber nicht genau, wohin er sollte. Er durchstreifte daher zunächst nur die Gassen und hielt Ausschau nach Personen, die er ansprechen könnte. Doch die Gassen und Straßen waren fast wie ausgestorben. Alle Menschen schienen zu Hause oder sonst wo zu sein.

In einer Sackgasse erblickte Noah das Leuchten eines Teesymbols. Es leuchtete in Neonfarben. Jedoch stand sonst nichts an dem Gebäude. Es war auch niemand in der Gegend. Aber Noah dachte sich, dass dies vielleicht eine Teestube oder ein Café sein könnte, also betrat er das Gebäude. Der Vorraum, in dem er sich befand, war dunkel und leer. Im Raum befanden sich keine Gegenstände, als wäre der Laden geräumt. Für Noah war das befremdlich. Er konnte jedoch ganz leise Stimmen hören. Sie kamen aus einem anderen Raum. Also tastete er sich langsam voran, immer den Geräuschen nach. Nach einigen Metern, am Ende des Raums, befand sich eine Drehtreppe nach unten, anscheinend in den Keller. Noah ging die Treppe herunter. Am Ende der Treppe gab es eine Tür. Diese öffnete er und nun konnte er sehen, wem diese Stimmen gehörten.

Drei junge Männer saßen an einem Tisch und plauderten. Auf dem Tisch gab es Snacks und Getränke. Einer der Männer fragte, als er Noah sah, erschrocken:

„Hey, wer bist du denn?"

Für Noah war es wichtig, in Kommunikation mit den Männern zu kommen, damit er ihr Vertrauen gewinnen konnte. Daher antwortete er sofort ohne zu Zögern:

„Ich heiße Noah."

„Aha? Und was willst du hier?"

„Ich suche meinen Sohn, vielleicht könnt ihr mir helfen."

Ein anderer antwortete diesmal:

„Alter, verpiss dich. Wir haben schon genug Sorgen."

Auch der dritte meldete sich nun zu Wort:

„Wie traust du dich eigentlich nach Draußen? Hast du nicht Angst, dass die Bullen dich festnehmen?"

„Warum sollten sie mich festnehmen?"

„Lebst du in einer Höhle? Wegen der Explosion natürlich. Die nehmen doch immer jeden mit, der hier in der Gegend auf der Straße ist." Nun hatte Noah eine Erklärung, warum hier niemand auf der Straße war.

„Ich habe nichts damit zu tun. Warum sollten sie mich festnehmen?", antwortete Noah bewusst, um die Männer in das Thema zu locken.

„Du nicht. Wir Muslime aber. Wir haben alle damit zu tun."

„Ich bin auch Muslim."

„Sieht man dir gar nicht an." Die Männer lachten über diese Aussage. Noah war verwundert, weil er eigentlich mit seinem südländischen Aussehen schon wie jemand aus einem Land mit vielen Muslimen aussah.

„Wieso meint ihr, dass wir alle damit zu tun haben?", fragte Noah.

„Na, weil sie uns sowieso für alles beschuldigen. Es interessiert doch niemanden, was du getan hast oder nicht getan hast, du bist immer schuldig. Für alles, was passiert, bist du schuldig."

Einer der anderen lenkte wieder ein:

„Es macht daher keinen Sinn, sich in dieser Gesellschaft zu engagieren. Aber du hast es richtig gemacht, du bist einer von uns geworden. Du bist konvertiert."

„Ich bin nicht konvertiert. Ich bin von Geburt an Muslim."

„Aber bist du auch ein richtiger Muslim?"

„Was ist denn ein richtiger Muslim?" Noah wurde neugierig. Er ahnte nun, dass er auf der richtigen Fährte war.

„Also es gibt einmal die Muslime, die ihren Glauben schon längst aufgegeben haben. Sie gehen vielleicht noch in die Moschee, beten fleißig, haben aber keine Ahnung, dass wir mitten in einem Krieg sind. Und dann gibt es die anderen Muslime, die genau das wissen. Sie setzen sich für die Gemeinschaft ein. Für die Ausgeschlossenen. Sie bekämpfen das Böse. Das sind die richtigen Muslime."

Ein weiterer führte weiter aus: „Bei uns findest du Geborgenheit, Wertschätzung, Anerkennung. Alles, was du da draußen nicht findest. Mit uns gehörst du zu einer auserwählten Gruppe."

Auch wenn diese drei Männer sich vor Noah nicht scheuten und ihre Gedanken frei äußerten, waren sie für Noah etwas zu geschwätzig. Er fühlte, dass dies nur Personen waren, die mit Radikalen sympathisierten. Aber er wollte zu den richtigen Hintermännern. Also versuchte er aus den Männern weitere Informationen heraus zu locken:

„Stecken die ´richtigen´ Muslime hinter der Explosion, was meint ihr?"

„Sag mal, willst du uns ausspionieren? Bist du ein Agent?"

Noah, der die ganze Zeit stehend mit den drei sitzenden Männern sprach, hatte wohl eine Frage zu viel gestellt. Einer der Männer sprang auf und ging langsam auf Noah zu. Noah antwortete:

„Nein, nein. Ich habe euch doch gesagt, dass ich nur meinen Sohn suche."

„Warum dann all diese Fragen? Was hat das mit der Suche deines Sohnes zu tun?"

Noah musste nun ihr Vertrauen wiedergewinnen, also redete er etwas offener:

„Ich kann meinen Sohn nur finden, wenn ich an die Gruppe komme, die den Anschlag durchgeführt hat."

Die Männer schauten sich verwirrt an. Zunächst sagte keiner was. Dann brach einer das Schweigen:

„Hör zu, wir haben nichts damit zu tun. Zieh Leine." Noah war nicht beeindruckt von dieser Aussage und dem Befehl, also hackte er nach:

„Ich bin wirklich kein Agent. Ich will nur meinen Sohn wiederhaben. Wahrscheinlich hat ihn Das Netzwerk entführt. Deshalb brauche ich Hilfe."

Wieder gab es ein Schweigen. Die Männer guckten sich an, als würden sie überlegen, ob sie ihm helfen sollten oder nicht. Einer der beiden Männer, die noch saßen, sagte:

„Wir wissen nicht, wer den Anschlag geplant oder verübt hat. Wir haben auch keinen Kontakt zu solchen Leuten. Aber eventuell könnte dir Hussein helfen. Der hat immer Kontakte zu komischen Leuten."

„Wo kann ich diesen Hussein finden?"

Einer der Männer schrieb auf ein Blatt Papier eine Adresse und streckte es Noah zu. Als es Noah nehmen wollte, zog der Mann es wieder zurück:

„Wir haben dich nie gesehen und du hast uns auch noch nie gesehen. Lass dich hier nie wieder blicken."

Noah nickte nur. Der Mann übergab ihm dann das Blatt. Noah schaute es sich kurz an und steckte es in seine Tasche. Er bedankte sich mit einem Kopfzeichen und verließ ohne Worte den Raum.

XXI

Dank der Navigations-App seines Smartphones kam Noah schnell zu der Adresse Hussains. Er kam an einem Haus mit Vorgarten an. Noah schaute erst in den Garten. Hier konnte er jedoch niemanden sehen. Er ging einmal um das Gebäude, um die Lage erst einmal abzuchecken.

Da bemerkte er, dass die Wohnungstür eine Fußspalte offen war. Daher versteckte er sich kurz vor dem Eingang und wartete, ob jemand kam. Doch es tat sich nichts. Langsam schlich er sich an die offene Tür. Er schaute zuerst durch den offenen Spalt, konnte jedoch nichts sehen. So drückte er langsam und leise die Tür auf. Plötzlich hörte er einen Knall. Das Geräusch kam jedoch nicht aus der Nähe, sondern von einigen Zimmern weiter. Um nicht wie ein Einbrecher zu wirken, gab Noah ein leises „Hallo" von sich, bevor er das Haus betrat. Es kam jedoch keine Antwort. So betrat er langsam das Haus.

Jetzt konnte er die Geräusche noch deutlicher hören. Es war ein Gerangel. Als würden irgendwo Personen kämpfen. Dann wurde es ganz kurz still… nur wenige Sekunden später hörte Noah zwei Schüsse. Diese waren so laut und erschreckend, dass er sofort hinkniete und seine Ohren zuhielt.

Noah hatte Angst. In so einer Situation war er zuvor noch nie gewesen. Plötzlich hörte man, wie eine Tür aufging. Jemand kam mit einer Knarre in der Hand heraus. Doch es war zu dunkel in dem Haus,

Noah konnte die Person nicht erkennen. Auch die Person mit der Waffe sah Noah nicht. Im nächsten Moment hörte Noah nur noch Schritte. Der Mann mit der Knarre haute anscheinend ab. Er sprang durch ein offenes Fenster und war verschwunden. Und dann wurde es ganz leise.

Noah stand ganz leise auf und ging voller Schreck in dem Raum, aus dem der Mann rauskam. Ein blutüberströmter und lebloser Körper lag auf dem Boden. Noah rannte sofort zum Erschossenen. Fühlte dessen Puls. Doch dieser schlug nicht mehr. Der Mann war tot. Anscheinend gab es hier einen Kampf um Leben und Tod. Das ganze Zimmer war durcheinander. Alles lag auf dem Boden. Auf der Brust des Ermordeten lag eine Gebetskette.

Mit dem Haustelefon rief Noah einen Krankenwagen an und nannte die Adresse. Er war sich jedoch sicher, dass er keine Chancen hatte, sich zu erklären. Das war aussichtslos. Mit Gewissheit würden sie ihn wegen Mord anklagen. Deshalb rief er nicht mit seinem eigenen Smartphone an und nannte auch nicht seinen eigenen Namen. Nachdem Anruf verließ er sofort den Ort des Geschehens und hoffte, dass ihn niemand gesehen hatte.

Auf dem Weg hatte er gemischte Gefühle und Gedanken. Hätte er vielleicht doch dableiben sollen und zur Tataufklärung helfen sollen? Aber sie hätten ihm sowieso nicht geglaubt, geschweige denn überhaupt zugehört. Außerdem war es im Moment seine Priorität, Ali zu befreien. Zur Aufklärung des Mordes konnte er ja später noch beitragen, dachte er sich. Also versuchte er so schnell wie möglich wieder nach Hause zurückzukehren.

In einem war er sich aber sicher. Dieser Hussain, den er auffinden wollte, war ermordet worden. Doch warum? Er fühlte irgendwie, dass er auf der richtigen Spur war.

XXII

Vor der Haustür sah Noah, wie Heinrich Besorg mit einem Jugendlichen redete. Er versprach ihm: „Bei uns findest du Geborgenheit, Wertschätzung, Anerkennung. Alles, was du da draußen nicht findest. Mit uns gehörst du zu einer auserwählten Gruppe."

Noah schaute sich Heinrich beim Vorbeigehen an. Heinrich sagte nichts mehr, beobachtete nur, wie Noah die Treppen hoch zur Wohnung ging.

Als Noah die Tür mit seinem Schlüssel öffnete, rannte Emma schon zu Noah und umarmte ihn. Gleich hinter ihr kam Sara. Ihr erster Satz war: „Wo ist Ali?" Ihre Augen waren groß. Noah sah ihnen beiden an, dass sie gelitten hatten. Er beugte sich zu Sara, küsste sie auf den Kopf und antwortete: „Ich werde ihn noch holen."

Während später Sara in ihrem Zimmer ein Buch las, erzählte Noah Emma seine Begegnung mit Der Gruppe, den drei Männern und den Mord.

„Was geschieht hier? In was für einer Geschichte sind wir?", fragte Emma.

„Ich weiß es nicht. Ich muss unbedingt noch einmal Kontakt mit Der Gruppe aufnehmen."

„Ich mache mir so große Sorgen um Ali", meinte Emma. Noah sah ihr an, wie mitgenommen sie war. Ihre Augenringe waren wegen Tränen und Schlaflosigkeit sichtlich dicker geworden.

Noah konnte sie nur umarmen. Er fand keine Worte um sie zu beruhigen, denn auch er machte sich große Sorgen. Noch hatte er keine Antworten auf die vielen Fragen, die er selbst und wahrscheinlich auch Emma im Kopf hatte. Sara konnte er schnell vertrösten, jedoch er selbst und Emma hatten noch viele Bedenken. Was ist, wenn sie Ali nie wiedersehen würden? Was ist, wenn sie Ali in einen unbekannten Ort verschleppt hatten? Vielleicht war Ali gar nicht mehr im Lande, sondern irgendwo im Ausland? All das waren Sachen, die immer wieder passierten. Sie waren nichts Unmögliches.

Nach einer Weile rief Noah Die Gruppe mit dem Telefon an, dass sie ihm gegeben hatten. Er erzählte ihnen, was alles vorgefallen war. Die Gruppe schien nicht beeindruckt vom Mord zu sein:

„Sie sind uns immer einen Schritt voraus. Das waren sie schon immer."

„Geht der Mord auf das Konto Des Netzwerks?", fragte Noah.

„Sieht wohl so aus. Sie versuchen anscheinend jede Spur, die zu ihnen führen könnte, zu beseitigen."

Noah seufzte und fragte nach dem nächsten Schritt:

„Was nun? Wie geht es weiter?"

„Wir müssen weiter Ausschau nach Den Radikalen halten. Der Ermordete konnte nicht der einzige gewesen sein, der uns zum Verbindungsmann hätte führen können. Da muss es noch mehr Personen geben." Nach einer kurzen Pause sprach die Kontaktperson Der Gruppe weiter:

„Versuche du weiterhin, Kontakt zu Den Radikalen aufzunehmen. Wir versuchen ebenfalls zu schauen, ob wir durch andere Kontakte eventuelle Hinweise finden können."

Enttäuscht legte Noah auf. Alles führte in eine Sackgasse. Er nahm sich daher vor, am nächsten Tag noch einmal zum Polizeirevier zu fahren und diesmal ruhiger mit den Beamten zu sprechen.

XXIII

Ein ziemlich wütender Sissi schrie auf Assad ein:

„Hussain ist getötet worden. Und wir könnten die nächsten sein. Wir sind hier nicht sicher. Wir sollten weg."

„Nun beruhige dich erst einmal. Warte bis…"

In diesem Moment ging die Tür des Lagerhauses, in dem sich Sissi, Assad und einige weitere Mitglieder Der Radikalen versteckten, auf. Nachdem Mord an Hussain hatten sie alle große Angst davor, dass es als nächstes sie selbst treffen könnte. Deshalb hatten sie sich hier versammelt.

Der Mann, der gerade eintrat, war die Person, die ihnen zuvor den Anschlagsplan gegeben hatte. Als sie ihn sahen, wurden alle still und warteten, bis er etwas sagte, als hätte er die Lösung für ihre Probleme.

„Bleibt mal alle locker."

„Locker?", schrie Sissi, „Hussain ist ermordet. Von wem? Wissen wir nicht! Warum? Wissen wir auch nicht!"

„Wer soll es denn gewesen? Natürlich Das Netzwerk", meinte Assad.

„Vielleicht war es auch seine eigene Dummheit", behauptete der Mann.

„Wie meinst du das?", fragte Assad.

„Hussain hatte mir erzählt, dass er einen Konflikt mit einem Familienclan hatte. Er soll sich von ihnen einen Kredit mit hohen Zinsen geholt haben und hätte Probleme, es zurückzuzahlen. Er hatte große Panik, dass sie ihm irgendwann auflauern würden. Vielleicht ist genau das passiert. Er könnte von dem Clan erschossen worden sein."

Assad und Sissi schauten sich fragwürdig an. Sissi drehte sich wieder zu dem Mann um:

„Wo bist du eigentlich die ganze Zeit? Du bist immer weg, wenn man dich braucht oder wenn etwas Außergewöhnliches passiert."

„Ich mache im Hintergrund die Drecksarbeit für euch. Was willst du damit andeuten?"

„Ich finde es schon seltsam, dass du immer plötzlich kommst und plötzlich gehst. Meinst du nicht, dass das verdächtig ist?" Sissi und Asad hielten den Verbindungsmann für einen konvertierten Muslim, der mit vielen anderen Radikalen in Verbindung stand und Teil eines größeren Netzwerks von Radikalen war. Sie hatten jedoch keine Ahnung, dass er in Wirklichkeit Teil Des Netzwerks war.

Der Mann konterte sofort, in dem er das Thema wechselte:

„Vielleicht hast du ja Hussain umgebracht?", meinte er zu Sissi.

„Was, ich? Rede kein Quatsch."

„Wieso? Ihr habt euch doch schon seit langem nicht gut verstanden. Du warst mit seinen Ideen nie einverstanden. Ständig habt ihr euch darüber gestritten, welche Strategie die beste wäre. Und vielleicht hast du ihn jetzt nachdem Anschlag aus dem Weg geräumt, weil du ihn und seine Ideen nicht mehr brauchst."

Sissi kochte vor Wut. Der Mann wandte sich nun Assad zu:

„Und du, Assad? Du konntest ihn doch auch nicht leiden. Hast du ihm nicht immer vorgeworfen, so zu tun, als sei er der Chef?"

„Das ist doch kein Grund, ihn umzubringen?", meinte Assad.

„Vielleicht aber doch. Ihr habt beide gute Motive, um ihn zu töten. Anstatt also mich mit wilden Theorien zu verdächtigen, solltet ihr erst auf euch selbst achten." Nach einer kurzen Pause machte der Mann weiter: „Wir müssen sofort aufhören, uns gegenseitig zu beschuldigen. Der Anschlag war gut. Viele Ungläubige sind gestorben. Viele Gebäude sind explodiert. Genauso, wie wir es geplant haben. Das einzige, was wir nicht geplant hatten, war der Tod von Hussain. Daran können wir aber nichts mehr ändern. Unser Bruder ist im Krieg gefallen. Falls wir den oder die Täter doch noch ermitteln sollten, werden wir uns rächen. Aber im Moment ist das nicht unsere Priorität. Jetzt gilt es Ruhe zu bewahren."

„Was sollen wir machen?", fragte Assad.

„Bleibt erst einmal hier in diesem Lagerhaus. Verlasst es auf keinen Fall. Ich werde euch mit den Nötigsten versorgen."

Die Radikalen waren einverstanden. Der Mann konnte sie kommandieren und organisieren, wie er wollte. Sie schienen in seiner Hand zu sein. So wie immer verließ der Mann dann wieder kurze Zeit später die Gruppe.

Im Auto rief er jemanden an und schilderte ihm die Situation.

„Hier ist alles o.k. Die sind wie Schafe."

„Die sollen sich ja nicht raus blicken."

„Werden sie nicht tun! Dafür haben sie zu sehr Angst, wie Hussain zu enden."

„Der hat es nicht anders verdient. Selber schuld."

„Tja, hätte der verhaftete Kleine Hussain nicht beschrieben, wäre er jetzt noch am Leben. Seine Identität wurde bekannt, also musste ich seine Identität wieder auslöschen."

XXIV

Mit schnellen Schritten ging Noah Richtung Polizeirevier. Er hatte sich diesmal fest vorgenommen, ruhig zu bleiben, egal was passieren würde. Jeder kleine Hinweis, wo Ali war und was mit ihm passierte, war ihm wichtig. Deshalb wollte er keinen Aufstand machen, sondern mit Vernunft an die Sache herangehen. Vernunft schien ihm der beste Weg zu sein.

„Wir leben in einer Idiokratie", hörte er plötzlich. Gerade als er über Vernunft dachte, sprach jemand von Idiotie. Als er sich der Stimme wandte, sah er, dass es wieder der Buchhändler war, den er mit Ali zusammen besucht hatte, als sie zusammen das Polizeirevier verließen.

Der Buchhändler stand am Eingang des Buchladens und winkte Noah wieder herein. Noah hatte gar nicht gemerkt, dass er am Buchladen vorbeiging. Obwohl er keine Zeit hatte, zögerte er nicht und folgte der Einladung. Denn schon beim letzten Mal hatte er bemerkt, dass der Buchhändler ein weiser Mann war. Vielleicht könnte er daher eine Idee bekommen, wie er Ali finden könnte, dachte sich Noah.

„Möchten Sie wieder einen Tee?"

„Gerne", sagte Noah. Als der Buchhändler den Tee zubereitete, schaute sich Noah um. Es hatte sich seit seinem letzten Besuch nicht viel verändert. Nur einige Bücherstapel hatten wohl ihren Platz gewechselt.

„Wieso Idiokratie?", fragte Noah, als der Buchhändler den Tee servierte.

„Naja, unsere Gesellschaft baut nicht auf Hoffnung auf. Sondern auf Angst. Durch Angst werden wir motiviert. Der Staat zwingt uns, etwas zu tun und wir tun es, weil wir Angst haben. Hoffen tut keiner mehr. Dabei geben wir natürlich auch unsere Freiheit auf."

„Ein Glücklicher sagte einmal ´Ohne Brot kann ich leben, ohne Freiheit nicht´".

„Die Angst führt aber dazu, dass die Masse auf ihre Freiheit verzichtet. Und zwar freiwillig. Deswegen setzt der Staat auf Angst. Das bewegt die Massen."

„Krieg ist Frieden! Freiheit ist Sklaverei! Unwissenheit ist Stärke!", ging es Noah schon wieder durch den Kopf. Doch er sagte:

„Der Mensch hat Angst vor dem, den er nicht kennt. Erst das Kennenlernen führt dazu, dass man merkt, wie ähnlich man ist. Die Gemeinsamkeiten kommen zum Vorschein. Aber dieses Kennenlernen findet nicht mehr statt. Alle misstrauen sich, haben Vorurteile oder hassen sich sogar tatsächlich."

„Ja, Hass ist ein wichtiger Punkt. Der Hass wird bestärkt durch Anschläge wie das von neulich. Die Hasser tun dann so, als würden sie die Aufklärung und die Moderne verteidigen. Sie tun so, als hätten sie Mitgefühl mit den Opfern. In Wahrheit aber predigen sie nichts Anderes als puren Hass. Sie sind die geistigen Brandstifter, die die Extremisten mit Ideologie unterfüttern. Wenn man zu diesen

Brandstiftern sagt, sie sollen kein Unheil stiften, entgegneten sie mit: ´Wir sind nur Heilstifter´. Dabei sind sie selbst die Unheilstifter. Anschläge werden instrumentalisiert. Feindbilder, die über Jahre hinweg durch bestimmte Akteure geschaffen und genährt werden, werden zu Instrumenten der gezielten Isolation von Muslimen. Dadurch entsteht noch einmal Hass auf beiden Seiten. Und zwischen den Menschen, die eigentlich friedlich miteinander leben wollen, treiben sie einen Keil. In solchen Zeiten sollte man lieber den Weg des kritischen und konstruktiven Dialogs wählen und nicht in die Falle, der auf Feindbilder aufgebauten Rhetorik der Extremisten tappen.“

„Und der Islam scheint der Lieblingsfeind aller Extremisten zu sein, auch der Radikalen. Auch sie schaden dem Islam. Der Islam wird nicht als eine Religion wahrgenommen, sondern als eine politische Ideologie, Organisation oder Partei“, meinte Noah, machte eine kurze Pause, überlegte und sprach dann weiter:

„Die soziale Stellung und unsere Kulturen mögen höchst unterschiedlich sein, doch die Würde des Einzelnen ist das wichtigste Gut des Lebens. Ich hoffe inständig, dass wir endlich anfangen, für andere Kulturkreise den überfälligen Respekt zu entwickeln. Wichtig ist es doch, einfach nur ein Mensch zu sein und als Mensch akzeptiert zu werden.“

„Das würde uns leichter fallen, wenn wir die Bücher hier lesen würden.“ Der Buchhändler zeigte auf die vielen Bücher in seinem Laden. „Aber leider liest die keiner mehr.“

„Ich will Sie nicht weiter aufhalten", meinte Noah. Eigentlich würde er noch gerne weiter mit dem Buchhändler sprechen wollen, doch seine Gedanken zogen ihn immer zu Ali. Daher bedankte er sich rechtherzlich für den Tee und das Gespräch und verabschiedete sich.

XXV

Ali lag gekrümmt auf dem Bett in einer Zelle. Er war nicht mehr im Verhörraum. Doch die Zelle war nicht unbedingt besser. Hier gab es nicht viel. Ein Bett, ein Waschbecken, ein Tisch, ein Stuhl und eine Toilette in der Ecke. Der Raum hatte keine Fenster und die Glühlampe glühte nur halbwegs, so dass es in der Zelle sehr dunkel war. Auf dem Tisch stand noch das Essen, dass sie Ali gebracht hatten. Ali hatte aber seit seiner Ankunft fast nichts gegessen. Stattdessen hatte er mit der Gabel einen Halbmond in die Wand geritzt. Ali fühlte sich wie in der Hölle. Ständig wurde er ausgefragt, ständig vielen die gleichen Fragen, natürlich änderten sich seine Antworten nicht. Aber er dachte tatsächlich daran, die Tat, die er nicht getan hatte, die ihm aber vorgeworfen wurde, zu gestehen. Vielleicht würde dann alles klarer werden. Er würde verurteilt werden und würde vermutlich für einige Jahre in den Knast kommen, dachte er sich. Konnten Kinder überhaupt in den Knast, fragte er sich gleichzeitig? Er würde aber auf jeden Fall eine Strafe kriegen, diese Strafe würde er absitzen und dann wäre alles wieder wie vorher. So war seine Überlegung. Alles war besser als diese Ungewissheit, die ihn innerlich zerstörte. Diese Ungewissheit machte ihn fertig. Und er konnte nichts dagegen unternehmen. Machtlos und schwach fühlte er sich.

Das Schloss der Zelle drehte sich. Die Tür ging auf. Die Person, die Ali verhörte, kam in die

Zelle. Er hatte ein Blatt Papier dabei, auf dem das Foto einer Person gedruckt war. Dieses zeigte er Ali und fragte, ob er ihn kenne. Ali stand vom Bett auf und betrachtete das Bild. Er kannte die Person:

„Ja, das ist die Person, die mir die Kette gegeben hat." Auf dem Foto war Hussains Leiche zu sehen.

„Na, dann ist dein Komplize tot."

Ali starrte den Vernehmer nur noch an. Er wusste, dass es keinen Sinn machte, ihm wieder zu erklären, dass er damit nichts zu tun hatte. Die Wahrheit wollte hier keiner hören. Man hatte für Ali schon eine "Wahrheit" vorbereitet, die er nur akzeptieren sollte.

Auch der Vernehmer sagte diesmal nichts. Auch ihm schien es, egal zu sein. Er packte das Foto wieder in seine Tasche. Eine Weile blieb er noch, als würde er erwarten, dass Ali etwas sagt. Auch Ali erwartete ein Kommentar oder eine Frage. Doch von beiden kam nichts. So verließ der Vernehmer wieder die Zelle.

XXVI

Noah kam nun am Polizeirevier an. Im Kopf hatte er schon alle möglichen Szenarien durchgespielt. Was würde er sagen, was würden sie fragen, was würde er wie sagen, damit sie ihm sagen, wo Ali ist und wie er ihn wieder hinausbekommen könnte. Aber leider wusste er auch, dass alles im Moment sehr unberechenbar war. Er musste wie immer mit allen Optionen rechnen.

Langsam ging er durch die Eingangstür des Polizeireviers. Im Empfangsbereich saß ein junger Mann, den er ansprach:

„Entschuldigen Sie bitte. Ich hätte eine Frage."

Der junge Mann drehte sich zu Noah, sagte aber nichts. Also führte Noah fort:

„Mein Sohn wurde vor zwei Tagen auf ein Polizeirevier gebracht. Ich weiß aber nicht, in welches, könnten Sie mir bitte sagen, wo ich ihn finden kann?"

„Wie heißt ihr Sohn denn?"

Gerade als Noah antworten wollte, kam der Polizeibeamte, der sich vor zwei Tagen auf diesem Revier mit Noah gestritten hatte. Er schrie sofort:

„Du schon wieder? Was willst du hier?"

„Hören Sie, ich möchte keinen Konflikt. Ich will nur wissen, wo mein Sohn ist", sagte Noah ganz ruhig.

„Ich habe dir schon gesagt, dass dein Sohn nicht hier ist. Hier wurde auch nichts von einem kleinen Jungen gemeldet. Also zieh Leine."

Der Mann packte Noah am Arm und versuchte ihn wegzudrücken. Noah schüttelte sich jedoch ab. Er wollte nicht wieder aufgebracht reagieren, sondern so, wie er sich vorbereitet hatte. Also atmete er tief und versuchte es noch einmal:

„Könnten Sie wenigsten herausfinden, wo ich meinen Sohn finden kann? Ich verspreche Ihnen, ich komme dann auch nie wieder hierhin."

„Willst du mir jetzt auch noch drohen? Heißt das, du kommst immer wieder, wenn du keine Auskunft erhältst? Die wirst du nämlich nicht bekommen, da wir keine Info dazu haben. Und jetzt mach dich vom Acker oder es endet genauso wie beim letzten Mal."

Noah hatte keine Angst, vor dem, was beim letzten Mal passiert war oder davor, in einer Zelle zu enden. Jedoch wollte er seine Zeit lieber dafür nutzen, um Ali zu finden, als in einer Zelle zu hocken. Daher drehte er sich um und verließ hoffnungslos das Polizeirevier.

Wieder hatte es nicht geklappt. Er kam hier einfach nicht weiter. Hoffnungslos und ohne einen weiteren Plan zog er weiter. Als er um die nächste Ecke abbog, hörte er plötzlich von hinten eine Stimme:

„Halt, warten Sie!"

Noah drehte sich um und sah, wie der junge Mann aus dem Empfangsbereich des Polizeireviers hinter ihm stand. Noah war verwundert. Noch bevor er etwas sagen oder fragen konnte, steckte ihm der junge Mann einen Zettel in seine Tasche und kehrte so schnell wie er gekommen war, wieder zurück.

Noah stand sprachlos da und begriff nichts. Er holte den Zettel aus seiner Tasche. Auf dem Zettel war eine Adresse gekritzelt. Es stand nichts weiter drauf. Nur eine Adresse. Könnte es sein, dass ihm damit der junge Mann den Aufenthaltsort Alis mitteilen wollte? Wenn ja, warum? Und was ist an diesem Ort? Noah holte sofort sein Smartphone heraus und tippte die Adresse ein. Der Straßenname passte, aber die Nummer gab es nicht. Laut Navigations-App war an dieser Stelle nichts. Kein Gebäude, kein Haus. Das kam ihm sehr seltsam vor. Er wollte direkt zu der Adresse, aber zu Fuß würde er es nicht schaffen. Also müsste er erst einmal wieder nach Hause, um sein Auto zu holen.

XXVII

Als sich Noah seiner Wohnung näherte, hörte er ein lautes Gebrüll. Es wurde immer lauter. Als wären mehrere Personen in eine Prügelei verwickelt. Er ging nun mit schnelleren Schritten, um zu sehen, was los war.

Als er um die Ecke bog, traute er seinen Augen nicht. Eine Gruppe von Menschen, alle vermummt, zerstörte und plünderte den Gemüseladen eines muslimischen Händlers. Auch Kemal, der Wursthändler, machte mit. „Nieder mit euch! Verschwindet hier!", brüllte die Gruppe, während sie im Laden alles vernichtete. Die Scheiben des Ladens hingen schon runter. Der Besitzer stand hilflos auf der Straße. Er konnte nichts unternehmen. Man sah ihm an, dass er kurz vorher durch die Gruppe schon Prügel einstecken musste.

Auch ein Klassenkamerad von Ali, Hans Peter, stand neben der Gruppe. Er schaute sich das ganze Geschehen sprachlos an. Schien aber nicht wirklich begeistert zu sein. Für ihn kam das alles wie ein Déjà-vu vor. Als hätte er so etwas schon einmal erlebt. Als wäre es eine Wiederholung, oder ein Traum, den er schon einmal gesehen hatte.

Einer aus der Gruppe näherte sich dann Hans Peter und gab ihm einen Hammer. Der Mann sagte ihm:

„Bei uns findest du Geborgenheit, Wertschätzung, Anerkennung. Alles, was du da draußen nicht findest. Mit uns gehörst du zu einer auserwählten Gruppe."

Daraufhin stürmte Hans Peter in den Laden und zerstörte mit seinem Hammer in der Hand die restlichen Teile des Ladens. Er wurde von der Begeisterung der Gruppe angesteckt und lies sich mitreißen.

Nachdem der Laden völlig zerstört war, löste sich die Gruppe auf. Alle gingen in eine andere Richtung. Niemand hatte die Gruppe aufgehalten. Niemand hatte sich eingemischt. Auch Noah nicht. Der Ladenbesitzer hockte in Tränen auf der Straße. Noah und einige andere Passanten liefen nun zu ihm und halfen ihm hoch auf die Beine. Sein Laden war komplett demoliert. Alles lag auf dem Boden. Der Laden, wofür er lange Jahre hart gearbeitet hatte, war zerstört. Es fühlte sich für ihn so an, als hätte er jahrelang umsonst geschuftet.

Auch Noah stand fassungslos da und betrachtete das Chaos, das sie angerichtet hatten. Mehr noch, sie hatten einen kleinen unschuldigen Jungen dazu verführt, mitzumachen.

An seinem Auto angekommen, stieg Noah sofort ein und fuhr los, ohne noch einmal hoch in die Wohnung zu gehen.

XXVIII

Emma schaute sich im Nachrichtensender eine Diskussion an, zu dem ein junger Imam eingeladen war. Dies kam sehr selten vor. Grundsätzlich wurde immer über die Muslime gesprochen, aber nicht mit den Muslimen. Als Emma jung war, kam es auch vor, dass, wenn Muslime im Fernsehen auftraten, immer Exoten oder Extremisten als vermeintliche Repräsentanten aller Muslime eingeladen wurden. Dies verschlechterte die Stimmungslage, als sie eh schon war. In den letzten Jahren jedoch, traten nicht mal diese in den Sendungen auf. Daher war es schon etwas Besonderes, dass nun ein Imam im Fernsehen zu sehen war und zum aktuellen Anschlag eine Stellungname abgab.

Der junge Imam sagte: „Natürlich verurteilen auch Muslime jegliche Art von Gewalt, Hass, Terrorismus und Extremismus aus dem religiösen Milieu. Natürlich verurteilen auch Muslime jegliche Handlungen, die das Miteinander in der Gesellschaft zerstören. Und auch Muslime versuchen Radikalisierungen und dem Extremismus entgegenzuwirken. Jeder, der den Koran liest und sich nach dem Leben des Propheten Muhammed orientiert, wird all dies verurteilen. Wir sind die Vertreter der Liebe. Für Hass haben wir keine Zeit. Wir glauben nicht an Gewalt. Diese stehen im völligen Gegensatz zum Frieden, der in unserem Glauben eine so zentrale Rolle spielt. Terroristen haben keine

Definitionshoheit über den Islam, sondern die 99,99% der Muslime weltweit, die solche brutalen Banden verabscheuen. Muslime sind keine Terroristen und Terroristen sind keine Muslime. Sie sind schlicht und einfach Terroristen. Wenn diese meinen, im Namen des Islams zu handeln, haben sie die Lehren des Islams verzerrt. Sie haben den Islam nicht verstanden, denn Gott unterstützt keine Mörder. Diese Mörder fügen nicht nur den Opfern ihrer Handlungen Leid zu, sondern auch allen Gläubigen, denn sie vermitteln ein falsches Verständnis unseres Glaubens. Nur weil jemand sagt, dass er im Namen des Islams handelt, heißt es nicht, dass das auch wirklich so ist. Daher müssen wir uns die Taten anschauen, nicht das, was gesagt wird. Es gibt keinen theologischen Unterbau für Terror oder Gewalt im Islam, nicht im Koran, nicht im Leben des Propheten. Vielmehr haben wir es mit ehemaligen Kriminellen zu tun, die durch zerbrochene und fehlende Strukturen vermeintliche Theologen spielen, in dem sie die Theologie politisch und ideologisch eindeutig missbrauchen, um Macht und Herrschaft zu erlangen. Wir Muslime dürfen das nicht zu lassen. Die Taten dieser Mörder dürfen nicht dazu führen, Milliarden Muslime weltweit unter Generalverdacht zu stellen. Sonst geben wir sowohl diesen Terroristen als auch den Rassisten einen Spielraum."

Emma war begeistert von der Rede des jungen Imams. Obgleich sie wusste, dass dies keinen sonderbaren Effekt haben würde. Die Wahrnehmung der Muslime würde sich dadurch nicht ändern.

Nur einige Minuten nach der Rede des Imams kam auch schon die erste Kritik. Eine Person, die sich als Muslim ausgab und namentlich nicht genannt werden wollte, machte verheerende Vorwürfe gegenüber dem Imam. Er würde in Wirklich selbst ein Extremist sein und würde mit dieser Rede die Gesellschaft nur täuschen wollen. Schon war der Imam diskreditiert und als nicht vertrauenswürdig abgestempelt. Alles, was er sagte oder in Zukunft sagen würde, wäre nicht mehr glaubwürdig. Dabei wurden die Aussagen und Behauptungen, die in Wirklichkeit nur Verleumdungen waren, der unbekannten Person nicht im Geringsten in Frage gestellt. Alles gegen die Muslime wurde immer für bare Münze gehalten. Auf diese Art und Weise wurde jeder Muslim, der sich engagieren wollte, niedergemacht, so dass sich irgendwann niemand mehr blicken ließ. Nicht aus Angst, sondern aus dem Glauben heraus, dass jegliches Engagement nichts mehr bringen würde. Viele hatten leider schon den Glauben, dass es zu spät wäre. Zu spät, um eine größere Katastrophe zu verhindern.

XXIX

Auf der Fahrt zum Zielpunkt rief Noah Die Gruppe an und informierte sie über die neue Entwicklung. Auch Der Gruppe war nicht bekannt, was sich an dieser Adresse befand. Deshalb rieten sie Noah, vorsichtig zu sein und das Gebiet erst vom Weiten auszukundschaften, bevor er sich dem näherte.

Genau das tat auch Noah. Er hielt einige Hundert Meter vor dem Ziel an, parkte das Auto und ging zu Fuß weiter. Möglichst unauffällig. Doch so einfach war das gar nicht. Er war in einer Gegend, wo nicht viele Passanten waren. Es gab lauter Firmengebäude. Einige davon waren sichtbar zerstört, einige leer und in einigen war noch Betrieb. Wohnungen oder sonstige Gebäude, die man aufsuchen würde, gab es hier nicht. Niemand würde hier spazieren gehen. Er konnte also nur so tun, als wäre er jemand, der hier irgendwo arbeiten würde.

Nach einigen Minuten näherte er sich dem Zielpunkt. Und tatsächlich, hier befand sich ein Gebäude, das in der Navigations-App nicht angezeigt wurde. Er betrachtete es von der Entfernung aus. Ein großes, mehrstöckiges Gebäude ohne jegliche Beschriftungen. Nirgends gab es Hinweise darauf, was für ein Gebäude das sein könnte. Auch gab es keine Personen, die ein- oder ausgingen.

Noah wollte nicht hineinstürmen, wie beim Polizeirevier. Deshalb suchte er sich ein Versteck, von dem aus er das Gebäude inspizieren konnte. In der

Nähe sah er ein leerstehendes Gebäude. Hier wollte sich Noah verstecken, also ging er mit ruhigen Schritten aufs Gelände.

Die Eingangstür des Gebäudes war jedoch verschlossen. Noah kam durch diese nicht rein. Einige Fenster waren eingebrochen. Noah zerbrach weitere Fenster, bis er durch diese ins Gebäude konnte. Das Gebäude war wohl ein Unternehmen mit vielen Büroräumen gewesen. Einige Büromöbel standen noch in den Räumen. Manche Räume waren leer. Im Gebäude ging er sofort in den obersten Stock. Er ging in das erste Büro rein und versuchte von da aus sein Ziel zu beobachten. Von hier aus hatte er jedoch keine gute Sicht, da er den Eingang nicht sehen konnte. Also wechselte er den Raum, bis er ein Büro fand, aus dem er alles sehr gut besichtigen konnte. So kniete er vor dem Fenster und wartete. Wartete, bis etwas passieren würde.

Aber lange Zeit passierte nichts. Er wusste auch nicht, wonach er Ausschau hielt. Er wollte sich nur sicher sein, womit er es zu tun hatte um keine Fehler zu machen. Außerdem könnte die Adresse auch eine Falle sein. Er konnte dem jungen Mann aus dem Empfangsbereich des Polizeireviers ja nicht einfach so vertrauen.

Irgendwann kam ein Laster vor dem Gebäude, das Noah beobachtete, an. Aus dem Laster stiegen zwei Personen aus. Sie gingen zum Eingangsbereich des Gebäudes. Die Tür wurde ihnen geöffnet und sie traten ein. Der Laster stand weiterhin vor dem Eingang. Auch hierdrauf gab es keine Schriften, so dass nicht erkennbar war, woher der Laster kam und was der Inhalt des Lasters sein könnte. Es geschah auch nichts Weiteres. Irgendwann, nach ca. 15 Minuten, kamen die beiden Männer wieder raus, stiegen in den Laster und fuhren weiter.

Im nächsten Moment klingelte das Telefon von Noah. Es war das Telefon, das er von Der Gruppe erhalten hatte. Der Sprecher auf der anderen Seite der Leitung hatte Neuigkeiten für Noah:

„Noah, es kann sein, dass du eine Zentrale Des Netzwerks entdeckt hast. Unsere Informanten teilten uns mit, dass in dieser Gegend immer wieder verdächtige Aktivitäten passieren. Bisher konnten sie jedoch nicht herausfinden, wo genau. Wo bist du gerade? Du musst vorsichtig sein.“

„Ich bestatte gerade aus der Entfernung das Gebäude. Aber hier tut sich nichts. Gerade eben war ein Laster da, aber es ist nichts Verdächtiges geschehen.“

Während des Telefonats beobachtete Noah wie jemand aus dem Gebäude herauskam und in die Richtung ging, aus der Noah gekommen war. Irgendwann war der Mann aber aus dem Blickwinkel Noahs verschwunden.

„Noah, sende uns deine Koordinaten, wir kommen vorbei. Unternimm bitte nichts, bevor wir da sind.“

„Alles klar, verstanden. Ich warte hier.“

Noah ermittelte mit seinem eigenen Smartphone seinen Standort und verschickte es mit dem Handy Der Gruppe. Wieder fing das lange Warten an.

Bis Die Gruppe kam, tat sich gar nichts am Gebäude. Die Gruppe parkte, genau wie Noah, weit entfernt vom eigentlichen Zielort. Sie waren nur zu zweit gekommen, um nicht aufzufallen. Durch die Koordinaten fanden sie schnell das Versteck von Noah. Sie traten in das Gebäude ein und begaben sich nach oben zu Noah.

„Hat sich was getan?", fragte einer aus Der Gruppe.

„Nein, nichts. In dem Gebäude tut sich irgendwie nichts. Könnte sein, dass wir auf einer falschen Fährte sind."

Der andere aus Der Gruppe schaute nachdenklich aus dem Fenster zum Gebäude. Es schien so, als hätte er etwas gesehen. Er kniff die Augen zusammen, um genauer hin zu sehen. Plötzlich fiel ein Schuss. Der Mann wurde mit einer Patrone am Stirn getroffen und fiel hin. Sofort war er tot. Leblos lag er auf dem Boden. Noah und der andere hatten nicht einmal Zeit, etwas zu sagen. Voller Schock starrten sie sich an. Noah war regungslos. Der Mann zog Noah am Arm und schrie „Jetzt komm, wir müssen hier sofort weg."

Ein weiterer Schuss fiel. Die Patrone traf diesmal die Wand. Noah und der Mann liefen die Etagen runter und versuchten von Fenstern fernzubleiben. Ständig hörten sie Schüsse. Im Erdgeschoss angekommen, suchten sie nach einem anderen Ausgang als dem Haupteingang. Sie wussten nicht, wie viele Männer draußen waren und auf sie schossen. Aber dass sie vom Haupteingang nicht raus konnten, war ihnen klar. Einen anderen Ausgang fanden sie jedoch in diesem Schockzustand nicht. Also brachen sie ein Fenster zur Rückseite des Gebäudes ein und liefen raus.

Hinter dem Gebäude gab es ein Waldstück. Hier rannten sie rein. Sie hofften, dass sie dadurch nicht so leicht auffindbar wären. Sie liefen immer weiter, ohne nach Hinten zu schauen. Nach einer Weile blieben sie völlig erschöpft stehen und ruhten sich aus. Noah fragte:

„Meinst du, die sind noch hinter uns her?"

„Ich denke nicht. Sonst hätten sie wahrscheinlich auch im Wald geschossen, um uns Angst einzujagen."

Noah befürchtete jedoch, dass sie ihn vielleicht erkannt hätten. Dann würden sie ihre Wohnung stürmen und Sara und Emma ebenfalls festnehmen. Das wäre eine Katastrophe. Er wusste nicht, ob er zu Hause anrufen sollte oder nicht. Er wollte Sara und Emma nicht unnötig beängstigen, gleichzeitig wollte er sie jedoch warnen, bevor die Wohnung gestürmt werden würde. Da riet ihm schon der Mann:

„Es könnte sein, dass sie unsere Identität festgestellt haben. Vielleicht haben sie uns durch Überwachungskameras gesehen oder unsere Fahrzeuge entdeckt. Du solltest lieber deine Familie anrufen, damit sie sich an einem sicheren Ort verstecken. Zumindest bis wir wissen, ob sie uns erkannt haben."

Noah rief Emma mit dem alten Handy an und bat sie, gemeinsam mit Emma zu einer Freundin zu gehen, bis die Lage klarer wurde. Er erzählte ihr nicht, was passiert war, nur, dass es Probleme gab und er nicht sicher war, ob Das Netzwerk oder Die Neue Regierung wieder vor ihrer Tür stehen würden.

Sara und Emma packten daraufhin sofort einige Sachen ein und verließen die Wohnung. Bevor sie die Tür schloss, schaute Emma noch ein letztes Mal in die Wohnung, ohne die Gewissheit, ob und wann sie sie wiederbetreten würde. Sie gingen nun zu einer Freundin. Eigentlich wollte sie zu ihrer Cousine, doch die hatte schon so wenige Punkte, so dass man sie nicht besuchten durfte.

„Und nun?", fragte Noah, nachdem er mit Emma gesprochen hatte.

„Wir müssen irgendwie zu unseren Autos zurück. Denn wenn sie unsere Identität nicht erkannt haben, werden sie es spätestens dann tun, wenn sie unsere Autos entdecken."

„Dann sollten wir lieber einen anderen Weg zurückgehen, als durch den Wald."

Noah und der Mann machten sich nun wieder auf den Weg. Sie machten einen großen Kreis um die Gegend. Auf dem Weg sprachen sie auch über den erschossenen Freund. Der Mann sagte:

„Jede Freiheit hat seinen Preis. Er hat dafür mit dem Leben bezahlt."

„Ist das nicht ein zu hoher Preis?", fragte Noah.

„Wir haben keine Angst vor dem Tod. Wir rechnen mit dem Tod. Er ist unausweichlich. Der Tod ist nichts anderes als eine Tür zu einer anderen Welt. Lieber sterben wir auf diese Art und Weise, als alt und krank im Bett. Wir kämpfen seit Jahren im Untergrund für Freiheit und Ordnung. Manche bezeichnen uns als

Widerstandskämpfer. Dabei wollen wir gar nicht kämpfen. Wir möchten, dass die Unterdrückung aufhört."

„Was unterscheidet euch von den Extremisten?"

„Vieles. Wir töten nicht, werden aber selbst getötet. Wir sind nicht gegen die Gesellschaft. Wir verurteilen nicht das Volk. Wir setzen uns mit friedlichen Mitteln ohne Gewalt gegen Die Neue Regierung ein. Unser Ziel ist es, dass die Menschen wieder gleichberechtigt in Frieden miteinander leben."

„Wieso seid ihr dann im Untergrund?"

„Weil Die Neue Regierung auch keinen friedlichen Widerstand duldet. Sie erstickt jede Kritik an diesem System im Keim."

„Meint ihr, ihr habt eine Chance, das System zu verändern?"

„Das ganze System? Nein. Wir nicht. Aber vielleicht unsere Kinder oder unsere Enkelkinder, oder deren Kinder. Wir können nur Teile des Systems verändern. Jedes System erlebt seine Geburt, seinen Aufstieg, seinen Höhepunkt, seinen Untergang und seinen Tod. Kein System hält ewig. Die Neue Regierung hat gerade ihren Höhepunkt. Doch wir wollen dafür sorgen, dass schon bald der Untergang beginnt."

„Wie viele seid ihr eigentlich? Wie wollt ihr gegen eine ganze Regierung ankommen?"

„Wie viele wir sind, weiß wohl niemand so richtig. Vielleicht 100, 500, vielleicht auch nur 30? Wir sind ja kein Club, wo man ein Mitgliedsformular ausfüllt. Z.B. du. Würde man dich jetzt als Mitglied zählen oder nicht?"

Noah schwieg. War er jetzt auch ein Teil Der Gruppe? War er ein Mitglied? War er nur dabei? War das überhaupt so wichtig?

Während er nachdachte, kamen sie schon in die Nähe ihrer Autos. Fast eine Stunde waren sie nun zu Fuß unterwegs gewesen. Sie teilten sich nun auf, und jeder ging seinen eigenen Weg.

Weder am Auto des Mannes noch an Noahs Auto war etwas Ungewöhnliches. Vielleicht wurden sie tatsächlich nicht identifiziert. Beide stiegen in ihre Autos ein und fuhren schnell weg.

Noah entschied sich zur Wohnung zurückzukehren. Er wollte nicht mit der Ungewissheit leben, ob sie ihn gesehen hatten und hinter ihm her waren oder nicht. Er wollte sich sicher sein. Daher riskierte er es, in die Wohnung zurückzukehren.

XXX

Noah konnte letzte Nacht kaum Schlafen. Einerseits dachte er an den Tod des Gruppenmitglieds, andererseits hatte er die ganze Nacht die Befürchtung, dass man die Wohnung stürmen würde. Aber es tat sich nichts. Vielleicht hatten sie ihn nicht erkannt. Er wollte es aber nicht riskieren und Emma und Sara wieder nach Hause rufen, sondern wollte sich hierbei erst ganz sicher sein.

Nachdem Aufstehen machte sich Noah einen schwarzen Tee und setzte sich vor den Fernseher. Nicht weil er dies gerne tat, sondern weil er schauen wollte, welche aktuellen Erkenntnisse es zum Anschlag gab. Gleichwohl wusste er, dass Die Neue Regierung nur die Informationen in den Umlauf gab, die sie gerne hören wollte, bzw. gehört haben wollte. Daher ging er immer mit Vorsicht an die Informationen, die herausgegeben und präsentiert wurden.

In den Nachrichtensendern gab es keine neuen Erkenntnisse. Man redete über Islamismus, islamistischen Terror, Dschihad und andere Begrifflichkeiten, wobei die Inhalte immer wieder irrelevant waren. Das Ergebnis war immer das gleiche: Der böse Muslim und seine böse Religion der Islam. Noah fiel schon seit langem auf, dass, wenn über islamistische Terroristen oder Extremisten gesprochen wurde, man in Wirklichkeit die Muslime allgemein meinte. Man benutzte zwar Begriffe wie Terrorist oder

Extremist, aber füllte sie mit Inhalten, zu dem jeder Muslim, selbst jemand der keinen Bezug mehr zu seiner Religion hatte, passen würde. Für dieses Verständnis hatte Die Neue Regierung gesorgt. Immer wieder hatte sie hervorgehoben, dass es nicht nur um Islamismus geht, sondern um den Islam als Religion. Und es gab nur wenige, die sich trauten, ihre eigene Meinung dazu zu äußern.

In der ersten Legislaturperiode Der Neuen Regierung gab es auch andere Parteien, doch diese wurden nach und nach geschlossen und verboten, so dass es nun keine weiteren Parteien mehr gab. Bei den Wahlen konnte man also nur eine einzige Partei wählen, so, dass es keine echten Wahlen mehr gab. Vor einigen Jahren versuchten einige Personen eine neue Partei zu gründen. Unter der Führung eines Politikers mit polnischem Hintergrund gründeten ein Autor, ein junger Journalist, ein ehemaliger junger Bürgermeister, ein ehemaliger Abgeordneter, der auch Sprachwissenschaftler war, und zwei politische Kabarettisten eine Partei, die nach nur drei Monaten von Der Neuen Regierung zerschlagen wurde. So gab es keine Möglichkeit mehr, eine Opposition zu schaffen.

Während er die Sender durchzappte, überlegte Noah, was er noch anstellen könnte, um Ali zu finden. Er wusste immer noch nicht, was sich in dem Gebäude, das er einen Tag zuvor beobachtet hatte, abspielte. Dies war jedoch sein einziger Hinweis. Und wenn Ali in dem Gebäude sein sollte, dann würde er alles unternehmen, um ins Gebäude zu kommen.

Er überlegte, ob er wieder mit dem Auto in die Gegend fahren und Personen, die aus dem Gebäude herauskommen, verfolgen sollte. Aber das schien ihm zu gefährlich. Außerdem wusste er nicht, ob das etwas bringen würde oder nur Zeitverschwendung wäre. Er brauchte einen sichereren Plan.

Da fiel ihm ein, den jungen Polizeibeamten aufzusuchen. Dieser hatte ihm ja schließlich die Adresse gegeben. Also musste er etwas wissen und zusätzlich hatte er wahrscheinlich helfen wollen. Noah glaubte nicht, dass ihm der Polizeibeamte in eine Falle gelockt hatte. Dazu wäre es gar nicht nötig gewesen. Er hätte Noah auch so in Gewahrsam nehmen können. Ohne lange zu überlegen, bereitete sich Noah daher vor, verrichtete sein Mittagsgebet und machte sich auf den Weg zum Polizeirevier.

Am Polizeirevier angekommen, schaute er zunächst von draußen, ob er erkennen konnte, ob der junge Polizeibeamte am Empfangsbereich war. Aber er konnte nichts erkennen. Er musste also schon wieder ins Gebäude. Wenn er so weitermachen würde, würde er wohl bald selbst verhaftet werden. Aber er hatte keine Lust, schon wieder ein Gebäude zu observieren und darauf zu warten, bis der Polizeibeamte, falls er überhaupt anwesend war, das Revier verließ. Also trat er selbst ins Polizeirevier, mit der Hoffnung, von anderen Polizisten nicht wieder erkannt zu werden.

Direkt am Empfangsbereich sah Noah den jungen Polizeibeamten schon. Ihre Blicke trafen sich. Sofort näherte sich dieser langsam auf Noah zu. Er ging an Noah vorbei und sagte ganz unauffällig:

„18.30 Uhr". Noah verstand, dass der junge Mann wahrscheinlich um 18.30 Uhr mit seinem Dienst zu Ende sein würde und sich dann mit Noah treffen könnte. Also begab sich Noah direkt aus dem Polizeirevier, ohne weiter aufzufallen.

Er machte sich auf den Weg nach Hause, um später noch einmal vor dem Polizeirevier auf den Polizisten zu warten.

XXXI

Irgendwo in einem anderen Land der Welt. In einem verlassenen Bauernhof saßen mehrere Männer an einem langen Tisch und redeten miteinander. Sie alle vertraten verschiedene Organisationen, Netzwerke und sogar Länder.

„Der letzte Anschlag war ein voller Erfolg. Haben das eure Leute durchgeführt?"

„Es ist egal, wer das durchgeführt hat. Wir bekennen uns zu dem Anschlag. Dann sind wir wieder im Geschäft."

„Du weißt, wenn sich eine Gruppe als erster zu einem Anschlag bekennt, schweigen die anderen Gruppen. So ist das ´nun mal. Wer zuerst kommt, mahlt zu erst."

„Man hat schon lange nichts mehr von uns gehört. Wir brauchen wieder Ressourcen."

„Mit Ressourcen meinst du wohl Geld, Drogen und Waffen."

„Mit Ressourcen meine ich alles, was wir brauchen, um voranzukommen. Damit diese kaputten Länder geteilt werden und in Chaos versinken. Und dann übernehmen wir die Ordnung."

„Nicht so schnell. So weit sind wir noch nicht. Die Länder müssen noch unter den Gruppen geteilt werden."

„Dann beschleunigt das Ganze."

„Je mehr Öl ihr uns besorgt, desto schneller sind wir. Und desto schneller kommt ihr an euer Land."

„Was ist mit anderen Ressourcen? Habt ihr inzwischen die Wasserquellen im warmen Kontinent zurückerobert?"

„Nein, noch nicht ganz. Da gibt es noch heftige Auseinandersetzungen. Doch wir holen uns das Wasser um jeden Preis. Die Ölkriege des letzten Jahrhunderts und die Wasserkriege des letzten Jahrzehnts haben gezeigt, dass wichtige Ressourcen immer weniger werden."

„Oder es gibt eigentlich genug Ressourcen und ihr werdet einfach nicht satt." Ein Lachen ging durch den Raum.

„So kann man es auch formulieren."

„Wie viel wollt ihr noch ausbeuten?", fragte jemand ironisch.

„Naja, so würde ich das nicht nennen. Es ist ja kein Ausbeuten. Wir nehmen uns nur das, was uns gehört. Der liebe Gott hat nun mal unser Öl in diese Länder begraben. Wir holen uns nur, was uns zusteht. Die Menschen, die da leben, sind es sowieso nicht würdig. Sie verstehen nichts von Wissenschaft, Technologie und Fortschritt. Sie sind ja nicht einmal richtige Menschen. Sie sind eine Zwischenstufe zwischen Affen und Menschen. Sie haben sich nicht zu Menschen weiter evolutioniert. Also müssen sie sterben, damit die menschliche Rasse mit den stärksten und besten ihrer Art fortgeführt werden kann."

Der Mann redete noch eine Weile. Alle Anwesenden lauschten dem Gerede still und leise. Jeder von ihnen bekam klare Anweisungen für die nächsten Schritte. Danach stand der Mann auf und meinte:

„So, genug geredet. Setzt weiterhin alles um, dann geht es uns allen besser."

Dann verließ er den Raum und alle anderen nach ihm ebenfalls. Alle Anwesenden verließen den Ort ohne große Verabschiedungen.

XXXII

15 Minuten vor 18.30 Uhr stand Noah in der Nähe des Polizeireviers. Er hatte sich auf eine Sitzbank gesetzt und wartete, bis der junge Polizeibeamte das Revier verließ.

Dabei beobachtete Noah die Menschen, die die Straßen auf- und abgingen. Es hatte geschneit und auf den Straßen lag noch Schnee. Auch sah man vereinzelt noch Weihnachtsschmuck und Tannenbäume. An einer Wand stand: „Let the rain wash away all the pain of yesterday." In den Augen der Menschen war deutlich Trauer zu sehen. Niemand schien wirklich glücklich zu sein. „Wer Positives sieht, denkt positiv. Wer positiv denkt, hat Freude am Leben", dachte sich Noah. Aber es war im Moment alles so negativ. Es fiel ihm schwer, etwas Positives zu finden. Doch er war sich sicher, dass alles immer einen Sinn hatte, eine Weisheit, die man vielleicht vorher nicht verstand und erst im Nachhinein sehen würde. Es gab keine Last, die man nicht tragen konnte. All das müsste einen Sinn und Zweck haben. Die Gesellschaft müsste irgendwann erkennen, zu welchem Leid eine solche Ideologie führt. Aber hatte es das schon in der Vergangenheit nicht mehrmals gegeben? Warum haben die Menschen aus der Geschichte keine Lehren gezogen? Warum wiederholte sich die Geschichte?

Noah konnte nicht unterscheiden, ob er echte Menschen beobachtete oder nur Humanoide. Denn

Die Neue Regierung hatte vor einem Jahrzehnt menschenähnliche Roboter entwickelt, die sie kurz nur Droiden nannte, und die nun zu Tausenden im ganzen Land eingesetzt wurden. Hauptsächlich wurden sie als Spitzel eingesetzt. Sie waren zwar technisch noch nicht ausgereift, reichten jedoch zum Einschüchtern aus. Äußerlich konnte man sie kaum von echten Menschen unterscheiden. Sie redeten, gingen und benahmen sich wie Menschen. Aber sie hatten keinen Geist, keine Gefühle, kein Gewissen. Noah fragte sich jedoch, ob nicht auch gewöhnliche Menschen zu Droiden umgeformt waren. Seelenlos und ohne Sinn und Zweck lebten Millionen von Menschen vor sich hin. Sie arbeiteten nicht um zu leben, sondern lebten um zu arbeiten. Sie aßen nicht um zu leben, sondern lebten um zu essen.

Gerade als er sich gedanklich vertieft hatte, kam ein augenscheinlich verärgerter schwarzer Mann und setzte sich zu ihm auf die Bank. Ohne etwas zu sagen, prasselte der Mann mit seinen Worten los, wie ein Boxer mit seinen Faustschlägen. Dabei schaute er manchmal auf Noah und manchmal nur geradeaus, als würde er Selbstgespräche führen:

„Ich habe meine Mutter immer in der Kirche gefragt, wie es sein kann, dass alles weiß ist. Warum ist Jesus weiß wie Kreide mit blonden Haaren und blauen Augen, obwohl er doch aus Nazareth stammt? Warum sind am Abendmahl des Herrn nur weiße Männer? Sogar die Engel sind alle weiß. Ich fragte sie dann: ´Mutter, wenn wir Schwarze sterben, kommen wir dann auch in den Himmel?´ Sie sagte: ´Natürlich kommen wir in den Himmel.´ Ich fragte dann: ´Nun, was ist dann mit all den Schwarzen passiert? Ich sehe sie hier nirgends. Weder als Engel noch auf dem Bild des Abendmals. Oh, warte, vielleicht haben die Schwarzen ja die Bilder gemacht. Deshalb sind sie nirgends zu sehen. Ich glaube, wenn die Weißen im Himmel sind, dann sind die Schwarzen in der Küche und bereiten Milch und Honig für sie vor.´"

Noah versuchte auch etwas zu sagen, aber der Mann war nicht zu stoppen und redete weiter:

„Wissen Sie, ich war immer neugierig. Ich habe mich immer gefragt, warum Tarzan, der König des Dschungels in Afrika, weiß war. Dieser weiße Mann schwang mit einer Windel durch Afrika und brüllte. Dabei verprügelte er all die Afrikaner und den Löwen brach er die Kiefer. Er konnte auch mit Tieren sprechen. Und die Afrikaner, die schon seit Jahrhunderten da waren, konnten nicht mit den Tieren sprechen. Nur Tarzan konnte mit den Tieren sprechen. Ich habe mich immer gefragt, warum? Und die Schönheitsköniginnen waren immer weiß. Miss World war immer weiß, und Miss Universe war immer weiß. Und dann haben sie weiße Seife, weißes Küchentuch, weiße Servietten herausgebracht. Und der Präsident lebt im Weißen Haus. Und Maria hatte ein kleines Lamm mit schneeweißen Füßen. Schneewittchen, der Weihnachtsmann, alles war weiß. Eine weiße Weste steht für Unschuld. Und der Engelsfruchtkuchen war der weiße Kuchen und der Teufelsspeisekuchen war der Schokoladenkuchen. Alles Gute und Saubere war weiß. Und alles Böse war schwarz. Das kleine hässliche Entlein war die schwarze Ente, die schwarze Katze brachte Pech, wenn ich illegal arbeite, heißt das ´Schwarzarbeit´, wenn man ohne Ticket Bus fährt, nennt man es ´Schwarzfahren´, wenn man einen Unglückstag hat, heißt es ´rabenschwarzer Tag´, wenn man schlecht drauf ist, heißt es, man würde ´alles Schwarz malen´ oder ´alles Schwarz sehen´. Wenn man sich sehr ärgert, heißt es ´schwarzärgern´. Und was ist eigentlich mit ´Pechschwarz´, ´Schwarzer Peter´, ´Schwarzer Humor´? Wenn man heiratet, zieht man sich weiß an, zur Trauer kleidet man sich schwarz."

Dann stand er auf, machte einige Bewegungen, als würde er wie ein Schmetterling schweben und wie eine Biene stehen. Dann drehte er sich zu Noah, hob wütend seinen Zeigefinger und sagte: „Weißt du, ich habe für dieses Land vor Jahrzehnten Medaillen gewonnen, aber ich durfte trotz dessen nicht in einem kleinen Dorf zu Mittag essen, weil sie in dem Lokal Schwarze nicht bedienten. Und dann wusste ich, dass etwas nicht stimmte."

Nun war kurz Pause. Stille. Der Mann sagte nichts mehr. Noah sagte ebenfalls nichts und fragte sich, ob der Mann noch etwas sagen würde. Aber er tat es nicht. Er ging ganz normal wieder weiter. Noah wollte ihn nicht einfach so gehen lassen, stand auf und wollte ihm gerade folgen, aber aus dem Augenwinkel sah er, wir der junge Polizeibeamte aus dem Gebäude kam. Noah schaute dem Mann nach und wandte sich dann dem Polizeibeamten zu.

Noah ging ihm unauffällig mit Abstand hinterher. Er suchte eine Gelegenheit, ihn anzusprechen, ohne dabei aufzufallen.

Der junge Mann, der Noah erwartet hatte, schaute kurz nach Hinten und erblickte ihn. Sie hatten ganz kurzen Blickkontakt. Beide verstanden, dass sie nun einen Platz zum Austausch finden mussten.

Nach einer Weile trat der Mann in einen Supermarkt ein. Noah folgte ihm. Er fand ihn an den Gemüseständen. Beim Umsehen an diesen Ständen würden sie wohl nicht auffallen, hatte sich der junge Polizist gedacht. Noah näherte sich ihm und sprach leise:

„Ich war an der Adresse. Ich wurde befeuert." Noah wusste, dass sie nicht viel Zeit hatten und fasste sich daher kurz und knapp. Die Gruppe wollte er dabei nicht erwähnen.

„Das ist eine Dienststelle Des Netzwerks. Dein Sohn ist da."

„Wie komme ich da rein?"

„Gar nicht. Warte bis dein Sohn da rauskommt."

„Aber wie?"

„Du kannst ihn nicht einfach da rausholen oder befreien. Sie würden euch finden, egal wo ihr euch verstecken würdet."

„Was kann ich tun, damit er rauskommt? Soll ich Aussagen, dass ich den Anschlag durchgeführt habe?" Noah meinte das ernst. Er würde sich selber stellen, nur damit Ali rauskommt.

Der junge Mann wechselte nun seinen Platz und ging zu den Gefrierschränken. Ali ging ihm nach einigen Sekunden hinterher. Als er neben ihm stand, begann dieser wieder das Gespräch:

„Hör zu, ich habe selbst keinen Plan. Ich wollte dir nur mitteilen, wo dein Sohn ist." Nach kurzem Schweigen sprach der Mann weiter: „Auch innerhalb Der Neuen Regierung gibt es Machtkämpfe. Es gibt Personen, die versuchen, andere zu stürzen, wenn sie einen Fehler entdecken. Vielleicht kannst du sie ja gegeneinander ausspielen, indem du die wahren Drahtzieher des Anschlags ermittelst. Vor allem die Rolle, die Das Netzwerk dabei spielte." Das ähnelte dem, was Die Gruppe gesagt hatte.

Um nicht weiter aufzufallen, drehte sich der Polizist um, ging zur Kasse und bezahlte. Noah schaute ihm nach, wie er den Supermarkt verließ. Mit den Obstbeuteln, die sich Noah während des Gesprächs eingepackt hatte, ohne wirklich zu schauen, was genau er in die Tüten getan hatte, ging auch Noah an die Kasse und bezahlte die Waren.

Als Noah den Supermarkt verließ, sah er am Eingang drei Männer mit Bibeln in der Hand, die mit zwei Jugendlichen sprachen. Sie gaben ihnen Handzettel, auf denen Noah deutlich durchgestrichene Moscheen sehen konnte. Einer der Männer redete auf die Jugendlichen ein:

„Bei uns findest du Geborgenheit, Wertschätzung, Anerkennung. Alles, was du da draußen nicht findest. Mit uns gehörst du zu einer auserwählten Gruppe."

Noah verstand, dass die Rattenfangmethoden aller Extremisten gleich waren. Egal, aus welcher radikalen Ecke sie kamen; politisch, religiös oder ideologisch. Die Argumente waren immer dieselben. Die Gesellschaft wurde aufgeteilt in Sie und Wir. Sie, das waren die Bösen. Wir, das waren die Guten. Die Welt war vereinfacht nur schwarz und weiß. Dies gab für viele eine einfache Weltsicht, befreite sie von der Komplexität. Die Gruppenmitglieder fühlten sich dadurch erleichtert. Sie mussten sich über nichts mehr Gedanken machen. Alles war für sie vordefiniert. In der Gruppe fanden sie alles, wonach sie solange Sehnsucht hatten, allen voran Akzeptanz und Wertschätzung.

Diese Erkenntnis machte Noah noch einmal deutlich, dass das Fundament jeglicher Extremismus Hass war. Und mit Hass wollte er nichts zu tun haben. Er war gegen jede Art von Extremismus, ohne die eine dem anderen vorzuziehen.

XXXIII

Ali war nun seit 4 Tagen eingesperrt. Er wurde nicht mehr so häufig verhört, wie am Anfang. Inzwischen wünschte er sich aber sogar, verhört zu werden, damit er jemanden zu reden hatte. So sehr war er schon frustriert und fühlte sich einsam.

Gleichzeitig fühlte er seltsamer Weise eine Hoffnung. Er war sich selbst nicht sicher, woher dieses Gefühl kam, jedoch sagte ihm dieses Gefühl, dass er auch aus dieser Situation herauskommen würde. Auch diese Situation würde ein Ende haben. Wie oft hatte er im Leben Situationen und Momente gehabt, in denen er dachte, dass sie nie enden würden, und trotzdem fanden sie ein Ende, wie eigentlich alles. So würde auch diese Situation, diese Gefangenschaft ein Ende haben.

Er lag im Bett und murmelte vor sich hin: „Bald, bald…" So versuchte er seine Hoffnung aufrechtzuerhalten.

Die Tür seiner Zelle ging auf. Diesmal kam jedoch zu seiner Überraschung nicht die Person, die ihn zuvor verhörte, sondern eine Dame. Der Vernehmer war der einzige, den er seit seiner Festnahme gesehen hatte. Daher war er nun auch etwas irritiert, als er eine neue Person vor sich sah.

Die Dame setzte sich auf den Stuhl, der in seiner Zelle war.

„Hi, ich bin Rachel und ich möchte mit dir kurz etwas besprechen, Ali."

Ali hatte sich inzwischen auf sein Bett gesetzt:

„Was wollen Sie denn mit mir besprechen?"

„Ich möchte, dass du hier rauskommst. Und anstelle von dir, sollten die hier sitzen, die die Bombe gesprengt und dabei Menschen getötet und verletzt haben."

Ali guckte ungläubig. Er vertraute ihr nicht. Eigentlich traute er niemandem mehr. Rachel fuhr fort:

„Dafür brauche ich aber deine Hilfe." Auch jetzt gab Ali kein Wort von sich.

„Ich glaube dir. Du hast mit der Sache nichts zu tun. Du hast mit deinen Freunden gespielt. Einer der wahren Attentäter kam auf euch zu und hat dich dazu gebracht, Teil des Plans zu werden, ohne dass du es merkst."

Ali wurde aufmerksam. Rachel schilderte den Ablauf genau so, wie er es wiedergegeben hatte. Aber glaubte sie ihm auch wirklich oder war das ganze wieder nur ein Versuch, um ihn zu einem Geständnis zu locken?

„Und auch du kannst mir glauben. Ich habe mit diesen Verrückten hier nichts zu tun?"

Ali schien langsam Vertrauen zu gewinnen. Deshalb fragte er sie:

„Wo bin ich hier?"

„Du bist hier an einem Ort, in dem viele Menschen verhört werden."

„Ist das so etwas wie ein Gefängnis? Sitze ich hier für immer?"

„Nein, es ist zwar kein Gefängnis, aber es ist wie ein Gefängnis. Hier kommen die Verdächtigen erst hin. Und nachdem man ein Geständnis bekommen hat, kommen sie dann ins tatsächliche Gefängnis."

„Aber ich habe nichts getan. Wie komme ich dann wieder hier raus?"

„Mit meiner Hilfe."

Ali wollte nun seine Chance nutzen.

„Wie soll das funktionieren?", fragte er Rachel.

Rachel erzählte ihm ihren Plan. Ali hörte aufmerksam zu.

XXXIV

„O.k. Alles klar, machen wir!", sagte Emma am Telefon. Ihre Freundin, die gerade mit Sara spielte, schaute nachdem Auflegen Emma an, als würde sie fragen, was los war.

„Es war Noah. Er möchte, dass ich dich frage, ob wir noch ein paar Tage hierbleiben dürfen. Nur zur Sicherheit."

„Aber sicher doch. Solange ihr wollt", entgegnete die Freundin ohne lange zu überlegen.

Emma war etwas erleichtert. Noah hatte ihr zwar versichert, dass alles in Ordnung wäre, trotzdem war sie noch etwas verunsichert.

Sie schaute aus dem Fenster. Inzwischen regnete es und es war schon dunkel. Sie vertiefte sich in Gedanken. Ihre Freundin holte sie wieder zurück, in dem sie ihr riet, vielleicht einen Spaziergang zu machen. Emma stimmte ihr zu, dass frische Luft ihr Gut tun würde. Da sie sich jedoch nicht zu 100% sicher war, ob wirklich alles in Ordnung war, ging sie allein ohne Sara aus dem Haus.

Wie immer guckten ihr die Passanten verächtlich und beleidigend nach. Manche riefen ihr etwas hinterher, aber sie hörte nicht hin. Sie wollte eine Runde um den Häuserblock drehen und dann wieder zur Freundin zurückkehren.

Während des Rundgangs sah sie eine Menschenmenge vor einer Cafeteria. Sie ging näher, um zu schauen, was los war. Anscheinend gab es in der Cafeteria eine Diskussionsrunde. Ein langer Tisch war aufgestellt. Fünf Personen saßen an dem Tisch und diskutierten miteinander. Die Menschenmenge hörte den Rednern zu. Dabei erkannte Emma auch den jungen Imam, den sie noch letztens im Fernsehen gesehen hatte.

Die Redner diskutierten anscheinend über die kontrollierten Massenmedien. Malcolm, einer der Redner meinte: „Die Medien sind die mächtigste Einrichtung auf der Erde. Sie haben die Macht Unschuldige schuldig und Schuldige unschuldig zu machen - und das ist Macht, weil sie den Verstand der Masse kontrollieren."

Pierre, der rechts von Malcom saß, stimmte ihm zu und ergänzte: „Ich bin der Auffassung, dass das Fernsehen aufgrund der unterschiedlichen Mechanismen, die ich kurz beschreiben werde, für verschiedene Sphären der kulturellen Produktion, für Kunst, Literatur, Wissenschaft, Philosophie, Recht, eine sehr große Gefahr bedeutet. Ich meine sogar, dass es im Gegensatz zu dem, was gerade verantwortungsbewusste Journalisten vermutlich in gutem Glauben denken und sagen, eine nicht weniger große Gefahr für das politische und demokratische Leben darstellt."

Eher er jedoch erklären konnte, was er meinte, mischte sich Arthur, der dritte Redner, ein: „Alle Wahrheit durchläuft drei Stufen. Zuerst wird sie lächerlich gemacht oder verzerrt. Dann wird sie bekämpft. Und schließlich wird sie als selbstverständlich angenommen."

Malcolm meldete sich nun wieder zu Worte: „Wenn du nicht aufpasst, werden die Zeitungen dich dazu bringen, die Menschen zu hassen, die unterdrückt werden und jene zu lieben, die unterdrücken."

Der vierte Redner, Tyler, gab ebenfalls seine Meinung wieder: „Wir wurden durch das Fernsehen aufgezogen in dem Glauben, dass wir alle irgendwann mal Millionäre werden, Filmstars oder Rockstars. Werden wir aber nicht! Und das wird uns langsam klar! Und wir sind kurz, ganz kurz vorm Ausrasten. Deshalb verkauft uns der Kapitalismus durch die Medien ein Stoff, der uns benebelt und ablenkt, damit wir nicht ausrasten. Von dem Geld, das wir nicht haben, kaufen wir dann Dinge, die wir nicht brauchen, um Leuten zu imponieren, die wir nicht mögen. Und dann werden wir abhängig von den Dingen, die wir kaufen oder nutzen. Alles was du besitzt, besitzt irgendwann dich."

Schließlich sprach auch der junge Imam: „Pressefreiheit oder Meinungsfreiheit sind Werte, auf die wir nicht verzichten können. Auch in Form von Satire, Humor oder anderer Kunst. Es sind Lebenselixiere der Demokratie. Sachliche, inhaltliche und kritische Aussagen sind völlig legitim, auch wenn sie gegen die eigene Meinung sind. Persönliche Beleidigungen, polemische Überspitzungen, persönliche Schmähungen, Verletzung der Würde jedoch, die darauf abzielen, andere Kulturen oder Gruppen zu schikanieren, und keine Kritiken oder Meinungen beinhalten oder die nicht einen Gegenstand sachlich betrachten, sind nicht konstruktiv und haben keine wissenschaftlichen Erkenntnisse. Sie führen nur zu Bloßstellungen und eben Auseinandersetzungen. Pressefreiheit gibt also niemandem das Recht, den Gegenüber herabzuwürdigen oder zu provozieren. Kritik sollte angemessen rübergebracht werden und vor allem sachlich bleiben."

In diesem Moment kamen mehrere Polizeiwagen angefahren. Die Menschenmange floh sofort in alle Richtungen. Anscheinend war die Diskussionsrunde unangemeldet gewesen. Auch Emma rannte schnell weiter. Von Weitem beobachtete sie, wie die Redner, einige Gäste und der Cafébesitzer festgenommen wurden.

Emma ging sofort zu ihrer Freundin zurück. An der frischen Luft war es also doch nicht so sicher.

XXXV

"Machtkämpfe innerhalb Der Neuen Regierung" gab Noah im Internet ein. Er war inzwischen wieder zu Hause und wollte im Internet recherchieren. Doch es gab keinen einzigen Treffer für seine Suche. Wie denn auch? Das Internet war nur stark eingeschränkt nutzbar. Die Neue Regierung hatte ein komplett neues Internetsystem aufgebaut. Es war nicht mehr so, dass bestimmte Webseiten, die schon existierten, gesperrt wurden, wenn sie der Meinung Der Neuen Regierung widersprachen, sondern man konnte eine Webseite erst nur dann online stellen, wenn man hierfür von Der Neuen Regierung freigeschaltet wurde. So gab es also nur Internetseiten, die schon vorher durch Die Neue Regierung bestätigt wurden. Daher kam er auf diese Weise nicht weiter. Er musste sich etwas Anderes überlegen.

Auf seinem Smartphone kam nun auch noch eine neue Nachricht Der Neuen Regierung an. Die Ausgangssperre für Muslime wurde um eine Stunde erweitert. Noah las die Nachricht und warf sein Smartphone aufs Sofa. Diese ständigen Regelungen überraschten ihn nicht mehr. Sie ärgerten ihn nicht einmal.

Als er sein Smartphone wegwarf, erinnerte er sich, dass er ja noch ein altes Handy von Der Gruppe erhalten hatte. Noah überlegte kurz, ob er sie anrufen sollte oder nicht. Er könnte ihnen ja berichten, was der junge Polizeibeamte gesagt hatte. Vielleicht könnten sie ihm weiterhelfen. Also rief er die Gruppe an. Am anderen Ende der Leitung meldete sich die Person, mit dem er letzte Nacht unterwegs war. Dieser fragte ihn:

„Alles o.k. bei dir?"

„Ja, scheint so. Bei euch?"

„Hier ist jedenfalls nichts Auffälliges passiert."

„Vielleicht haben sie uns nicht erkannt?"

„Wohlmöglich. Trotzdem solltest du die nächsten Tage besser aufpassen und nicht auffallen." Ohne Aufzufallen würde er wohl Ali nicht finden können, deshalb verriet ihm Noah nicht, dass er schon heute wieder auf dem Polizeirevier war. Stattdessen fragte er konkret:

„Gibt es Personen innerhalb Des Netzwerks oder Der Neuen Regierung, die untereinander in Machtkämpfe verwickelt sind?"

„Mit Sicherheit. Was hast du denn vor?"

„Ich bin mir im Moment noch nicht ganz so sicher."

„Glaubst du, nur, weil sie sich intern streiten, würden sie dir helfen? Vergiss es!"

„Nein, sie würden mir sicherlich nicht bewusst helfen, aber vielleicht indirekt."

Der Mann überlegte kurz und sagte dann:

„Alles klar, ich schaue mal, was ich machen kann. Ich melde mich."

Noah fühlte sich wie in einer Sackgasse. Immer wenn er eine neue Spur zu entdecken glaubte, kam er nicht weiter. Er fand einen der wahren Drahtzieher des Attentats, woraufhin dieser aber ermordet wurde. Er fand eine Zentrale Des

139

Netzwerks, wo er jedoch nicht reinkam. Der junge Polizeibeamte gab ihm schon zwei Hinweise, doch er kam nicht wirklich weiter. Er fühlte, dass er drastischere Maßnahmen ergreifen musste. Aber was könnte er noch machen? Viel Bewegungsfreiheit hatte er nicht.

Kurz danach klopfte es an der Tür. Und dann hörte Noah schnelle Schritte, als würde jemand wieder abhauen. Anstatt zur Tür zu gehen, ging Noah instinktiv ans Fenster und schaute nach unten, wer das Haus verlassen würde. Und tatsächlich lief jemand aus dem Haus. Noah konnte das Gesicht der Person nicht erkennen, aber er war sich sicher, dass es der junge Polizeibeamte war. Warum war er wohl gekommen? Sie hatten sich doch erst heute getroffen? Hatte er eine neue Info? Die Adresse Noahs musste er wohl aus der Polizeiwache besorgt haben, dachte er sich.

Noah ging nun schnell zur Tür und öffnete diese. Vor der Tür stand tatsächlich ein Briefumschlag. Noah nahm diese an sich und schloss schnell die Tür wieder zu.

Im Briefumschlag war ein Zettel, auf dem eine Uhrzeit stand und ein Ort eingezeichnet war. Zudem stand eine Info. Noah nickte mit dem Kopf, er brauchte nun einen guten Plan.

XXXVI

Am nächsten Tag verließ Rachel zusammen mit Ali und zwei weiteren Begleitern dessen Zelle. Ali sollte nun an einen anderen Ort gebracht werden, das speziell für Kinder ausgerichtet war, um sie besser manipulieren zu können.

Rachel, Ali und die zwei Begleiter gingen mit schnellen Schritten die Gänge entlang. Ali beobachtete dabei, dass viele Personen hin und her gingen, mit Blättern und elektronischen Geräten in den Händen, oder in ihren Büros verschwanden. Jeder schien schwer beschäftigt zu sein. Zudem waren überall Monitore. Ali konnte nicht erkennen, was auf den Monitoren zu sehen war, aber es blinkten verschiedene Punkte. Auf einigen großen Monitoren waren Aufnahmen von Überwachungskameras zu sehen.

Als sie zu einem Gang nach rechts abbogen, sah Ali an der Wand den Schriftzug: „Wir kommen weder als Freunde noch als Neutrale. Wir kommen als Feinde! Wie der Wolf die Schafe angreift, so kommen wir." Ali drehte sich dann zu Rachel um und fragte sie, ob er auf Toilette durfte. Rachel machte einem der Begleiter ein Zeichen und dieser führte Ali zur nächsten Toilette. Ali ging auf die Toilette und die anderen warteten vor der Tür.

Nach wenigen Minuten kam Ali auch schon aus der Toilette. Rachel stellte sich diesmal direkt neben Ali und sie gingen alle weiter Richtung

Ausgang. Draußen wartete schon ein Auto auf sie. Einer der Begleiter stieg direkt zur Fahrerseite ein. Der andere wollte mit Ali hinten Platz nehmen, Rachel hielt ihn jedoch auf und meinte, auch er sollte sich vorne hinsetzen. Bei einem Kind wäre es nicht nötig, direkt daneben zu sitzen. Sie sollten einfach alle Türe verriegeln, so dass Ali sie hinten nicht aufmachen konnte. Das war bei den Autos technisch möglich. Zu den Fahrern konnte man von den Rücksitzen aus ebenfalls nicht greifen, da zwischen den vorderen und den hinteren Plätzen eine Glaswand im Auto eingebaut war. So setzten sich beide Begleiter nach vorne und Ali allein nach hinten. Rachel beugte sich dann zu den sitzenden Begleitern und sagte: „Ihr könnt losfahren." Die beiden Begleiter nickten und fuhren los.

Kurz vor Ende des kleinen Waldstücks wartete Noah im Auto. Er war ungeduldig und stand da schon seit ungefähr einer Stunde. Gestern hatte er die Info erhalten, dass ein Fahrzeug mit Ali hier durchfahren würde. Deshalb hatte er sich die ganze Nacht einen Plan ausgedacht. Der Plan musste einfach funktionieren. Wenn etwas schieflaufen würde, wäre es wohl für Noah und Ali das Ende. Das Netzwerk würde kein Erbarmen zeigen. Daher konzentrierte er sich voll auf seinen Plan.

Er hatte sich alles genau überlegt. Wie er Ali befreien würde, wie sie schnell von hier verschwinden würden, wo sie sich verstecken würden. Er hatte nur diesen einen Plan. Ein Plan B oder eine andere Alternative hatte er nicht. Er wusste auch, dass es riskant war und dass er sogar Ali dabei verletzen könnte, jedoch musste er aus Verzweiflung dieses Risiko eingehen.

Von der Entfernung sah er nun ein Auto angefahren. Er schaute mit einem Fernglas nach und sah tatsächlich Ali im Rücksitz. Noahs Herz pochte schneller als sonst. Er atmete sehr schnell. Seit Tagen hatte er Ali nicht gesehen und da war er nun. Er lebte und die Information, die er geheimnisvoll erhielt, war richtig gewesen. Endlich sah er seine Chance kommen, Ali zu befreien und ihn wieder in den Arm nehmen zu können.

Noah startete das Auto und war nun bereit, seinen Plan durchzuführen. Das Auto Des Netzwerks näherte sich Noahs Auto. Sie bemerkten Noah jedoch nicht. Noahs Fuß drückte das Kupplungspedal. Sein anderer Fuß wartete darauf, im richtigen Moment Gas zu geben. Autonomes Fahren war schon lange verbreitet, jedoch hatte er sein Auto auf manuell gestellt, um seinen Plan ganz genau durchführen zu können.

Als nur noch wenige Meter zwischen den beiden Autos waren, drückte Noah mit voller Kraft das Gaspedal und rammte das andere Auto vorne links von der Seite. Das Auto Des Netzwerks kam durch den Zusammenstoß von der Straße ab und fuhr gegen einen Baum. Der Fahrer stieß sich mit dem Kopf gegen das Lenkrad und wurde bewusstlos. Der Beifahrer war unter Schock und hatte durch den Aufprall starke Schmerzen am Körper. Mit letzter Kraft öffnete er die Autotür und fiel zu Boden. Alles lief nach Plan.

Sofort stieg Noah aus seinem Auto ohne den Motor abzustellen. Er rannte zum anderen Auto, öffnete die Hintertür und wollte Ali befreien. Ali saß aber nur regungslos da. Noah dachte sich, dass Ali vielleicht in einem Schockzustand war und daher seine Umgebung nicht mehr wahrnahm. Er streckte Ali seine Hand entgegen, um ihn aus dem Auto zu holen, doch dieser schaute nur emotionslos Noah an. Erst als Ali Noahs Hand bemerkte, verstand er, dass Noah etwas von ihm wollte. Ali griff Noahs Hand und Noah zog Ali aus dem Auto. Schnell liefen sie zu Noahs Fahrzeug. Noah öffnete die Hintertür und Ali stieg ein. Bevor auch er selbst einstieg schaute er sich ein letztes Mal das andere Auto an, mit der kurzen Sorge um die Fahrer. Dann schmiss er sein eigenes Smartphone, dass er zuvor komplett geleert und auf den Werkszustand gebracht hatte, weg, um nicht geortet werden zu können und fuhr auch schon los.

Noah fuhr schnell vom Waldweg ab. Hin und wieder schaute er in den Rückspiegel, um zu sehen, ob sie jemand verfolgte. Aber es schien nicht so, als wäre jemand hinter ihnen her. Wahrscheinlich würde es noch etwas dauern, bis sie von der Befreiung Alis erfahren würden. Doch Noah wusste, dass er nicht viel Zeit hatte.

Völlig aus der Puste fragte dann Noah: „Ali, geht es dir gut?"

Doch Ali antwortete wieder völlig emotionslos, dass es ihm gut gehe. Noah machte sich nun ernsthaft Sorgen und fragte sich, ob Das Netzwerk seinem Sohn etwas angetan hatte. Aber wahrscheinlich war das immer noch der Schock, der tief saß, dachte er sich. Daher sagte er nur noch zur Beruhigung: „Habe keine Angst, jetzt bist du in Sicherheit."

Sie fuhren noch ca. 15 Minuten weiter, ohne zu sprechen. Manchmal sagte Noah etwas und bekam von Ali kurze Antworten. Nach einer Weile parkte Noah das Auto an eine Straßenseite. Er verdeckte die Kennzeichen des Autos vorne und hinten mit etwas Schnee und sie gingen noch weitere 10 Minuten zu Fuß weiter. Dabei hielt Noah Alis Hand und suchte offensichtlich ein Haus.

An einem Haus klingelte dann Noah und schaute besorgt um sich, ob sie jemand beobachtete. Die Tür des Hauses ging auf und Bahira stand vor der Tür. Überrascht sagte er:

„Noah, welch eine Überraschung."

„Bahira, können wir schnell rein? Ich erkläre dir alles drin."

Bahira merkte, dass etwas vorgefallen war. Sofort ließ er Ali und Noah in das Haus und verschloss die Tür hinter sich.

Ali und Noah standen nun im Wohnzimmer. Ali setzte sich auf die Coach. Noah war zu aufgeregt, um sich hinzusetzen. Bahira kam mit zwei Gläsern Wasser für die beiden und fragte: „Noah, was ist los?" Noah erzählte ihm grob, dass Das Netzwerk nach der Explosion Ali festgenommen hatte und er nun Ali befreit hatte. Bahira meinte dann:

„Wir müssen euch verstecken. Sie werden euch sonst töten!"

„Ich weiß, aber ich dachte mir, dass du uns vielleicht ein Versteck nennen könntest."

Bahira überlegte kurz und antwortete:

„Noah, ich habe im Keller einen zweiten Raum, dessen Eingang jedoch hinter einem großen Schrank ist. Wir können den Schrank verschieben, so dass man in den Raum kann. Der Raum ist zwar klein, aber es reicht auf jeden Fall für zwei Personen, da könntet ihr euch verstecken."

„Ich will nicht, dass du in Schwierigkeiten gerätst, Bahira."

Bahira packte Noah an den Armen und sagte:

„Das ist das Mindeste, was ich für euch tun kann." Er machte kurz Pause und erlaubte sich einen Scherz: „Das schlimmste, was sie mir antun können, ist, mir das Leben zu nehmen, und das wäre nicht so schlimm. Ich bin schon alt genug und habe schon alles erlebt. Ein Ticket ins ewige Leben wäre also nicht so schlecht."

Bahira drehte sich zu Ali und sah, wie dieser einfach nur saß, nichts sagte und auch sein Wasser nicht trank. Noah schaute sich Ali ebenfalls an. Bahira warf Noah einen Blick zu, als würde er fragen, was Ali hatte. Noah verstand dies und antwortete nur: „Ich glaube, er ist noch geschockt vom Autounfall. Anders kann ich mir das nicht erklären."

„Gut, gehen wir schon einmal in den Keller und bereiten alles vor", meinte Bahira.

Im Keller mussten sie erst den Schrank ausräumen. Lauter alter Bücher standen im Schrank, so z.B. Teile des Barnabas Evangeliums, dass Bahira von seinen Eltern geerbt hatte.

Nachdem der Schrank endlich geleert war und bewegt werden konnte, schoben ihn Noah und Bahira zusammen zur Seite. Hinter dem Schrank befand sich tatsächlich eine Tür. Sie war schon voller Staub. Noah wischte den Staub weg und erkannte am oberen Teil der Tür eine Schrift, die in die Tür eingeritzt war. "Anne-Frank-Raum" stand an der Tür. Sie öffneten die Tür und betraten den Raum.

Wie Bahira schon gesagt hatte, war der Raum nicht so groß. Doch das war vom Vorteil, dachte sich Noah. Denn so würde keiner merken, dass es im Keller noch einen Raum geben müsste, z.B. auf Grund des Grundrisses des Hauses.

Noah und Bahira begaben sich wieder ins Wohnzimmer. Ali saß weiterhin regungslos da und hatte sein Wasser nicht angerührt. Noah kniete sich nun vor Ali, hielt dessen Hände und sprach zu ihm:

„Ali, es ist alles vorbei. Du bist jetzt in Sicherheit. Ich habe dich gerettet. Bald wirst du auch wieder mit deiner Mutter und deiner Schwester zusammenkommen."

Noah sprach den letzten Satz mit einer halben Hoffnung aus. Ali antwortete:

„Ich freue mich."

Im nächsten Moment umarmte Noah Ali und drückte ihn fest an sich. Dabei bemerkte Noah, dass Ali etwas am Rücken hatte. Sein Rücken fühlte sich angeschwollen an, wie eine große Beule. Noah wollte sich das genauer anschauen und bat Ali sich kurz zu drehen und seinen Pullover hochzukrempeln. Ali drehte sich um und zog seinen Pullover kurz hoch.

147

Was Noah dann am Rücken von Ali sah, erschütterte seinen ganzen Körper. Er erstarrte fast vor Schock und konnte kein Wort mehr von sich geben. Er schrie nur Bahiras Namen zweimal hintereinander. Bahira, der gerade einige Decken für das Geheimversteck vorbereitete, kam ins Zimmer gelaufen und fragte, was los war. Noah zeigte mit dem Zeigefinger auf Alis Rücken und sagte nur: „Hier."

Am Rücken Alis gab es einige Öffnungen, aus denen Kabel heraushingen. Der, den Noah entführt hatte, war also nicht Ali, sondern ein Droide, der so aussah wie Ali! Deshalb war er die ganze Zeit so komisch gewesen und hatte auch nicht das Wasser getrunken, da sonst seine Schaltkreise durchgebrannt wären. Die Öffnung am Rücken hatte sich der Droide anscheinend beim Autounfall zugezogen.

Noah schaute verzweifelt den Droiden an. „Wie, wie kann das sein?", murmelte er.

XXXVII

Auf der Toilette holte Ali tief Luft ein und aus. Er war zu aufgeregt. Doch er musste sich beruhigen. Den ersten Teil des Planes von Rachel hatte er geschafft. Sie hatte ihm einen Tag zuvor den Plan genauestens erklärt. Nachdem Ali von Rachel und weiteren Personen abgeholt werden würde, sollte er, nachdem er den Schriftzug „Wir kommen weder als Freunde noch als Neutrale. Wir kommen als Feinde! Wie der Wolf die Schafe angreift, so kommen wir" sah, darum bitten, auf die Toilette gehen zu dürfen. In der Nähe dieses Schriftzuges befand sich nämlich die nächste Toilette, sonst kamen sie auf ihrem normalen Weg durch das Gebäude an keiner Toilette vorbei. Ali hatte das getan und war nun auf der Toilette.

Nun begann der zweite Teil des Plans. Rachel hatte ihm gesagt, dass sie auf der zweiten Toilettenkabine von Links einen Droiden verstecken würde. Auf der Tür dieser Kabine stand "Außer Betrieb" und die Tür war abgeschlossen, damit keiner hineintreten und den Droiden finden würde. Den Schlüssel zur Kabine fand Ali unten anklebt an der Innenseite der Kabinentür, so wie es Rachel ihm beschrieben hatte.

Ali vergewisserte sich zunächst, dass sich keine anderen Personen in den anderen Kabinen befanden. Danach öffnete er die Tür und ging in die Kabine. Da stand er, ein Droide der Ali zum Verwechseln ähnlich aussah. Da Rachel Zugang zum Droidenprojekt hatte, konnte sie in kürzester Zeit einen Ali-ähnlichen Droiden anfertigen. Es standen immer mehrere Droidenrohlinge in verschiedenen Größen bereit. Nur das Gesicht und die Haut musste sie anpassen. Dies bereitete ihr technisch jedoch keine Schwierigkeiten.

Der Droide hatte sogar die gleichen Kleider wie Ali an. Ali schaute sich den Droiden fasziniert an. Dann erinnerte sich daran, dass er nicht viel Zeit hatte. Er schaltete den Droiden mit einem Knopf unterhalb des Nackens ein.

Rachel hatte dem Droiden schon die nächsten Anweisungen gegeben. Deshalb ging der Droide schnurstracks aus der Kabine und der Toilette heraus. Ali blieb in der Kabine, verschloss die Tür wieder und stieg auf die Toilette, damit eventuell niemand von unten sehen konnte, dass sich jemand in der Kabine versteckte. Die Aufschrift "Außer Betrieb" hing auch weiterhin an der Kabinentür.

Die Begleiter nahmen den Droiden, mit der Annahme, es sei Ali, mit. Nachdem die Begleiter mit dem Droiden wegfuhren, kehrte Rachel mit einem Wäschesack zurück auf die Toilette. Sie ging zur Kabine von Ali und klopfte zweimal an der Tür. Das war das Zeichen für Ali. Er öffnete die Tür, nahm von Rachel den Wäschesack und kroch hinein, damit er auf Videokameras nicht gesehen werden konnte. Der Wäschesack war im Inneren noch mit einem speziellen Stoff bekleidet, damit auch Wärmebildkameras Ali im Inneren nicht erkennen konnten.

Den Wäschesack tragend ging Rachel mit schnellen Schritten in ihr Büro. Sie hatte nicht viel Zeit. Irgendwann würde man merken, dass man einen

Droiden mitgenommen hatte. Im Büro von Rachel versteckte sich Ali in einem Schrank. Rachel hatte zuvor den Schrank geleert und etwas Proviant darin versteckt. Ali sollte sich nun stundenlang im Schrank verstecken, bis der Dienst von Rachel zu Ende war. Rachel verschloss die Schranktür.

XXXVIII

Rachel öffnete die Schranktür wieder. Ali war sichtlich froh, nicht mehr im engen Schrank hocken zu müssen. Aber er wusste, dass das die einzige Möglichkeit war.

Inzwischen waren nur noch wenige Mitarbeiter im Gebäude. Rachel blieb bewusst länger, damit sie unauffällig Ali aus dem Gebäude herausbringen konnte. Sie mussten nun jedoch noch vorsichtiger sein, weil vor einer Stunde die Meldung kam, dass das Auto der Begleiter in einen Unfall verwickelt war und der Droide, den sie für Ali hielten, entführt wurde. Den Begleitern ging es schon wieder besser, jedoch hatten sie nicht gesehen, wer sie angefahren hatte. Auf Hochtouren suchte man nun überall nach Ali. Dabei stürmte man auch die Wohnung der Familie, fand jedoch nichts und niemanden. Denn Noah war noch bei Bahira und Emma und Sara waren bei ihrer Freundin.

Rachel konnte sich den Unfall nicht erklären. Sie musste nun vorsichtiger handeln. Sie besorgte sich einen kleinen Schiebewagen. Auf den oberen Teil des Wagens legte sie einige Akten und Ordner. Im unteren Teil sollte sich Ali verstecken. Dafür stieg er wieder in einen großen Wäschesack, den dann Rachel in den unteren Teil des Wagens packte. Sie wollte den Anschein erwecken, als hätte sie viel zum Auto zu tragen und sie daher einen Schiebenwagen benötige. Da sie das schon öfters gemacht hatte und auch andere Kollegen so machten, wäre das nichts auffälliges.

Mit den Ordnern und Ali im Wäschesack, fuhr sie dann den Schiebenwagen vom Büro bis zu ihrem Auto, ohne dass sie von jemandem angesprochen wurde. Sie legte den Wäschesack mit Ali in den Kofferraum und fuhr unauffällig los.

Im Auto überlegte sie die ganze Zeit, wie es zu dem Unfall kommen konnte und wer den Droiden, wahrscheinlich in der Annahme, dass es sich um Ali handelte, befreit haben könnte. Sie vermutete, dass Alis Familie dahinterstecken müsste, weil sie die einzigen sein könnten, die ihn befreien wollen würden. Aber woher sollten sie wissen, dass das Auto mit Ali genau zu dieser Zeit an diesem Ort vorbeifahren würde? Diese Fragen konnte sich Rachel nicht beantworten.

Als sie vor ihrem Haus ankam, holte sie den Wäschesack vom Kofferraum. Da Ali überall gesucht wurde, durfte sie nicht mit ihm gesehen werden. Ohne Schiebewagen musste sie nun den Wäschesack mit Ali drin bis nach Hause selbst tragen, was ihr nicht einfach fiel.

Zu Hause konnte Ali dann endlich aus dem Wäschesack heraus und tief Luft holen. Ali schien nun erst einmal in Sicherheit zu sein.

Mit dem alten Handy rief Noah Die Gruppe an. Er erzählte ihnen, dass er von einer geheimen Person einen Hinweis auf Ali erhielt, diesen dann befreien wollte, es sich aber dabei um einen Droiden handelte. Doch auch Die Gruppe hatte keine Erklärung dafür, warum ein Droide statt Ali transportiert wurde. Entweder wurde Ali in einem anderen Auto transportiert und der Transport mit dem Droiden war nur eine Ablenkung durch den geheimen Informanten oder Ali war noch im Gebäude. Das waren die beiden Theorien, die Noah und Der Gruppe durch den Kopf gingen.

Auch Bahira wusste keinen Rat. Er hatte den Droiden schon ausgeschaltet und in den Keller gebracht. Noah hatte keine Idee, was er als nächstes machen könnte und Bahira versuchte ihn zu beruhigen. Am liebsten würde Noah den jungen Polizeibeamten aufsuchen, doch Bahira riet ihm davon ab, da er davon ausging, dass man auf Grund des Autounfalls Noah verdächtigen und ihn daher suchen würde. Zusammen überlegten sie den nächsten Schritt:

„Noah, ich könnte doch für dich zum jungen Polizeibeamten gehen."

„Nein, Bahira. Das ist zu gefährlich. Ich möchte dich nicht noch tiefer in diese Angelegenheit stecken. Es ist schon hilfreich und gefährlich genug, dass du mich hier versteckst."

„Das ist nicht nur deine Angelegenheit, sondern auch meine. Eigentlich sogar der ganzen Gesellschaft."

„Vielleicht gibt es ja etwas Anderes, was wir noch tun könnten. Aber wir wissen ja nicht einmal, wo Ali jetzt ist. Er könnte überall sein. Vielleicht ist er ja noch in dem alten Gebäude?"

Rachel gab Ali einen heißen Kakao. Ali hatte in den letzten Tagen so viel durchgemacht, dass er noch gar nicht begreifen konnte, dass er nun nicht mehr in den Fängen Des Netzwerks war. Nachdem er dies realisierte, fragte er Rachel:

„Wie lange sollen wir uns hier verstecken? Die finden uns doch ehe wieder."

„Du wirst dich so lange verstecken, bis du dich nicht mehr verstecken brauchst."

„Und wann brauche ich mich nicht mehr zu verstecken?"

„Wenn ich einige Sachen geklärt habe! Danach bringe ich dich wieder zu deiner Familie."

„Kann ich denn nicht wenigstens mit meiner Familie sprechen?"

„Das wäre zu gefährlich. Es wird alles abgehört. Aber wenn ich eine Möglichkeit finde, werde ich versuchen, deine Eltern zu erreichen. Ich verspreche es dir."

XXXIX

Am nächsten Tag ging Rachel wie gewohnt zur Arbeit. Es herrschte weiterhin Hektik. Die Suche nach Ali wurde auf weitere Ortschaften ausgebreitet. Da die Familie zu Hause nicht auffindbar war, ging man inzwischen davon aus, dass sie Ali entführt hätten. Daher wurde die ganze Familie gesucht.

Rachel wurde von ihrem Vorgesetzten ebenfalls ausgefragt.

„Sie haben doch den kleinen Jungen begleitet bis zum Auto."

„Ja, bis dahin war auch nichts Ungewöhnliches. Der Junge stieg ins Auto und sie fuhren los."

„Und was haben Sie dann gemacht?"

„Ich bin in mein Büro zurückgegangen und habe meine Arbeiten erledigt."

„Wie kommt es eigentlich, dass genau gestern die Videoüberwachungskameras hier im Gebäude nicht richtig funktionierten?"

Rachel hatte mit einem Computervirus dafür gesorgt, dass die Überwachungskameras zwar an waren, aber keine Aufnahmen auf dem Server gespeichert werden konnten. So konnte niemand Verdacht schöpfen.

„Das weiß ich nicht! Ich bin keine Technikerin."

Der Vorgesetzte wechselte vom Siezen zum Duzen und wurde ernster im Gesicht:

„Rachel, ich weiß, dass wir Meinungsverschiedenheiten haben. Und wenn ich herausfinde, dass du hinter der Entführung steckst, werde ich dich bis an dein Lebensende hinter Gittern bringen. Und nicht nur das, sondern dich auch jeden Tag foltern und quälen."

Doch Rachel ließ sich nicht einschüchtern. Dies war nicht die erste Drohung, die sie bekam:

„Seit wann Duzen wir uns?"

Sie stand auf und verließ den Raum.

Rachel und ihr Vorgesetzter hatten schon viele Auseinandersetzungen gehabt. In den ersten Jahren ihrer Beschäftigung beim Netzwerk war es noch nicht so gewesen. Doch je mehr Rachel in die internen Strukturen eingeweiht wurde, desto mehr sah sie, wie skrupellos Das Netzwerk und ihr Vorgesetzter handelten. Im Laufe der Zeit änderte sich die Sichtweise Rachels in Bezug auf Das Netzwerk und sie fing an, zu retten, was noch zu retten war. Dabei entstanden immer wieder Konflikte zwischen ihr und ihrem Vorgesetzten. Er war es auch, der hinter der Verhaftung von Ali steckte. Sie wusste aber auch, dass er das nicht allein geplant und durchgeführt haben konnte.

Gerade als Rachel ihre Bürotür öffnen wollte, zog an ihr der Verbindungsmann vorbei. Sie hatte ihn schon ein paar Mal gesehen, wusste aber nichts über ihn Bescheid. Das einzige, was sie wusste, war, dass ihr Vorgesetzter diesen für seine schmutzigen Pläne nutzte. Der Verbindungsmann ging in dessen Büro und Rachel eilte zu ihrem Laptop. Sie hatte während des Gesprächs eben ein kleines Abhörgerät auf die Rückseite der Tischplatte geklebt und konnte nun die Gespräche im Büro ihres Vorgesetzten abhören.

Tatsächlich sprachen nun der Verbindungsmann und der Vorgesetzte über den Vorfall mit dem Autounfall. Der Vorgesetzte meinte zum Verbindungsmann:

„Wir müssen verhindern, dass der kleine Junge uns entwischt. Es würde unserem Ansehen schaden, wenn wir ihn nicht auf Grund des Anschlags verurteilen können. Dadurch verlieren wir an Macht."

„Warum nehmen Sie nicht einfach einen anderen fest? Einen Erwachsenen z.B.?"

„Weil ich zeigen will, dass auch Kinder Terroristen sein können. Natürlich könnten wir hierfür auch ein anderes Kind nehmen oder manipulierte Videoaufnahmen zeigen, aber irgendwann würde das auffliegen. Da wir Originalaufnahmen von dem Jungen haben, möchte ich diese Gelegenheit nutzen. Sobald wir ihn wiederhaben, zeigen wir die Videoaufnahmen, wie er die Gebetskette an den Ort der Explosion bringt."

„Meinen Sie, der Vater steckt hinter der Entführung?"

„Vater, Mutter, ist mir egal wer. Ich will den kleinen Jungen und ich will, dass er die härteste Strafe bekommt, die er bekommen kann. Ich will ein Exempel an ihm statuieren."

„Was ist mit den anderen Explosionen, die wir durchführen wollten?"

„Wartet erst einmal ab. Zunächst sollten wir diesen Fall abschließen. Ich will die veralteten Chefs über mich nicht noch mehr verärgern."

„Wie haben Sie es eigentlich geschafft, ein solches Attentat zu planen ohne ihre Chefs zu informieren?"

„Unterschätze mich nicht."

„Und warum habe Sie Ihre Chefs nicht miteinbezogen in den Plan? Die hätten doch sowieso keine Einwände gehabt."

„Dann hätten wir uns den Erfolg teilen müssen. Und du weißt, ich teile nicht gerne."

„Hoffen wir mal, dass der Plan nicht nachhinten geht und ein Misserfolg wird."

„Daher müssen wir Ali finden und verurteilen. Sonst sitzen wir in der Sackgasse."

Der Verbindungsmann verabschiedete sich. Rachel meinte nun, zu haben, was sie wollte. Sie verstand, dass ihr Vorgesetzter das Attentat geplant hatte und mit Hilfe des Verbindungsmanns durchführen ließ. Damit wollte er anscheinend in den oberen Rängen prahlen und befördert werden.

Rachel hatte zum Glück eine Aufnahme des Gesprächs gemacht. Diese speicherte sie zur Sicherheit auf ihrer privaten Cloud, auf ihrem Smartphone und auf einem externen Speichermedium.

Doch das würde ihr wahrscheinlich nicht reichen. Sie bräuchte mehr, um ihren Vorgesetzten zu stürzen.

Noah hielt es zu Hause nicht mehr aus. Er zog sich Kleidungsstücke von Bahira an und setzte sich ein

159

Baseball Cap auf, um damit sein Gesicht etwas zu verdecken. Nachdem er auch Bahira überredet hatten, verließ er gegen Abend das Haus. Er hatte sich noch nicht entschieden, wohin er gehen würde. Zur Polizeiwache, um den jungen Polizeibeamten zu sehen? Zum Gebäude Des Netzwerks, um es wieder zu observieren? Oder zu Emma und Sara, um zu schauen, wie es ihnen ging? Erst auf dem Weg wollte er sich entscheiden. Die letzte Option, Emma und Sara zu besuchen, schloss er sofort wieder aus, da er sie nicht in Gefahr bringen wollte. Die anderen beiden Optionen waren eigentlich ebenfalls gefährlich, jedoch wollte er nicht einfach nur zu Hause rumsitzen und warten. Vor allem das Warten quälte ihn. Daher konnte ihn auch Bahira nicht länger zurückhalten.

Sein Auto wollte Noah nicht fahren, da man wahrscheinlich auch nach seinem Kennzeichen suchen würde. Vielleicht hatte man das Auto schon entdeckt und suchte in der Umgebung nach ihm, dachte er sich. Daher ging er einen anderen Weg, um nicht am Auto vorbei gehen zu müssen.

Nachdem er im Kopf mehrere Szenarien durchgespielt hatte, entschied er sich dann, in die Nähe der Polizeiwache zu gehen. Dort wollte er noch einmal Ausschau nach dem jungen Polizeibeamten halten. Vielleicht hatte dieser wieder eine Info für ihn.

Unauffällig ging Noah dabei die Straßen entlang. Es war ein weiter Weg bis zur Polizeiwache, aber diese Strapazen nahm er gerne auf sich. An einer Straße sah er einen Streifenwagen stehen, also ging er einen anderen Weg. Ansonsten geschah nichts

Auffälliges. Er kam ohne Zwischenfälle in die Nähe der Polizeiwache.

Ein Mitarbeiter Des Netzwerks trat in das Büro des Vorgesetzten von Rachel ein.

„Wir haben den Vater des Jungen auf Überwachungskameras entdeckt."

„Sehr gute Arbeit. Wo steckt er nun?"

„Er ist vor einer Polizeiwache unmittelbar in der Näher seiner Wohnung."

„Hatte er sich in der Wohnung versteckt? Die wurde doch gestern durchsucht."

„Nein, wir haben ihn durch die Kameras zurückverfolgt. Er war in einem anderen Haus. Wir ermitteln gerade, wessen Haus es ist."

„Egal, wer es ist. Alle in dem Haus sollen sofort festgenommen werden."

„Und der Vater?"

„Was macht er denn gerade? Vielleicht finden wir noch weitere Komplizen! Was ist mit dem Jungen?"

„Den Jungen konnten wir bisher in den Aufzeichnungen nicht finden."

„Dann sucht weiter. Schaut nach, wie er dieses Haus betritt. Geht so weit in den Aufzeichnungen zurück, wie nötig." Dann fragte er noch einmal:

„Was mach der Vater jetzt im Moment?"

„Er steht nur da, als würde er auf etwas warten. Dabei starrt er auf das Polizeirevier. Kann es sein, dass er mit der Entführung nichts zu tun hat und daher glaubt, dass sein Sohn auf dem Revier ist?"

„Das glaube ich nicht. Er muss von der Entführung seines Sohnes wissen, sonst würde er sich nicht in einem anderen Haus verstecken. Beobachtet ihn noch weiter. Aber stürmt sein Versteck und nimmt alle fest."

„Alles klar."

Rachel hatte wieder alles abgehört und abgespeichert. Sie sah jedoch keine Chance, Noah zu warnen. Auch hatte sie keine Ahnung, welches Haus gestürmt werden sollte. Natürlich könnte sie das herauswissen, aber es wäre dann zu offensichtlich, dass sie damit etwas zu tun hatte. Es blieb ihr nichts weiter übrig, als zuzusehen, was passieren würde. Ihre Hände waren gebunden.

Die Tür des Hauses wurde gerammt, als Bahira gerade ein Buch las. Er erschrak und das Buch fiel ihm aus den Händen. Ein Dutzend Männer mit Schutzwessen, Masken und Gewähren stürmte das Haus von Bahira. Der alte Mann sah schockiert um sich, als sich die Männer im ganzen Haus verteilten. Drei Männer kamen direkt auf Bahira zu und drückten ihn mit Gewalt zu Boden. Sie fesselten ihm die Hände und einer von ihnen drückte ihm mit dem Knie auf den Hinterkopf. Bahira verspürte große Schmerzen. Doch er hatte mit allem gerechnet. Es gab auch keinen Grund, etwas zu sagen oder abzustreiten, also sagte er gar nichts. Er gab kein Wort von sich. Die Schmerzen versuchte er zu unterdrücken. Dabei dachte er an Noah. Ob er wohl auch festgenommen wurde, fragte er sich?

„Wer ist sonst noch im Haus?", schrie ihn der Mann über ihm an und drückte ihm dabei noch fester sein Knie auf den Kopf.

„Niemand, ich lebe hier allein. Meine Frau ist schon vor Jahren verstorben."

„Durchsucht das ganze Haus. Alle Ecken", schrie er seine Kollegen an.

Die Männer durchsuchten nicht nur das Haus, sondern zerstörten dabei auch alles. Bahira hörte, wie Geschirr in der Küche zersplitterte und wie Regale in den anderen Zimmern umgestoßen wurden. In nur wenigen Minuten wurde das ganze Haus unbewohnbar zerstört.

„Ich habe etwas", schrie dann eine Stimme aus dem Keller und kam mit dem Droiden am Arm die Treppen hoch.

„Was ist das? Ein Droide des Jungen?", sagte der Mann ohne wirklich zu fragen. Er schaute sich den Droiden an und gab dann den Befehl: „Wir nehmen den alten Mann und den Droiden mit."

XL

Noah wartete in der Kälte draußen, aber es tat sich nichts. Der junge Polizeibeamte hätte schon längst seinen Dienst beenden müssen, aber er kam nicht. Vielleicht war er nicht einmal im Gebäude. Viele Beamte kamen und gingen, hatten anscheinend Schichtwechsel, aber es gab keine Spur vom jungen Polizeibeamten. Noah machte sich langsam Sorgen. Wäre es möglich, dass sie ihn verhaftet hatten?

Es gab nur eine Möglichkeit, um herauszufinden, ob der junge Polizeibeamte auf dem Revier war oder nicht. Also wagte es Noah und näherte sich mit langsamen Schritten dem Polizeirevier. Kurz vor dem Eingang hielt er noch einmal inne und überlegte den nächsten Schritt. Er handelte nicht mehr logisch, sondern aus Affekt.

Plötzlich rammte ihn jemand von hinten und warf ihn zu Boden. Noah bemerkte, dass es ein Polizist war, der ihn nun zum Boden drückte. Zwei weitere kamen ihm zu Hilfe und fesselten schließlich Noah. Noah versuchte sich zu wehren. Aber es hatte keinen Zweck. Das war's, dachte sich Noah. Jetzt hatten sie ihn.

Die Polizisten hoben Noah hoch und zerrten ihn ins Revier. Dabei schlugen sie auch mehrmals auf ihn ein. Im Empfangsbereich bemerkte Noah, dass der junge Polizeibeamte nicht anwesend war.

Der Vorgesetzte von Rachel hatte gerade telefoniert und aufgelegt, als es an seiner Tür klopfte und ein Mann hereinkam.

„Entschuldigen Sie aber, der Vater des Jungen wurde gerade verhaftet!"

„Ich hatte doch gesagt, er soll erst beobachtet werden!" Der Vorgesetzte wurde laut. Langsam geriet er in Panik, weil nichts so lief, wie er es sich vorgestellt hatte.

„Wir waren es nicht. Die Polizeibeamten haben ihn anscheinend erkannt und verhaftet!"

„Dann rufen Sie den Revierchef an und bringen Sie mir den Vater!"

„Jawohl", sagte der Mann und ging aus dem Raum.

Auf dem Polizeirevier wurde Noah zuerst unter der Dusche mit eiskaltem Wasser durch einen Schlauch bespritzt und anschließend brutal geschlagen. Blut strömte aus seiner Stirn und sein Körper war voller blauer Flecken. Immer wieder schrien sie ihn an: „Du Terrorist."

Der Polizeibeamte, mit dem er hier auf dem Revier schon mehrmals zu tun hatte, kam nun herein. Er starrte Noah abwertend an und beschuldigte ihn:

„Ich habe schon von Anfang an gewusst, dass du was im Schilde führst. Deswegen warst du auch ständig hier. Da haben wir echt einen großen Fang gemacht. Genieß deine Zeit hier bei uns, denn, wenn du gleich abgeholt wirst, wird es dir viel schlechter gehen als hier."

Nach einer Weile, Noah war schon bewusstlos, kam ein Fahrzeug Des Netzwerks. Sie weckten Noah auf und fuhren mit ihm los.

XLI

Nun war es umgekehrt. Ali war draußen und Noah war in einer Zelle in Gewahrsam Des Netzwerks. Er war nun in dem Gebäude, in das er die ganze Zeit wollte. Nur war Ali diesmal nicht hier. Aber davon wusste Noah nichts. Nachdem er in die Zelle gebracht wurde, warf man ihn aufs Bett, wo er bis in den Morgen schlief. Sehr früh wurde er dann von jemandem mit Ohrfeigen geweckt. Fünf Minuten später kam der Vernehmer, der auch schon Ali verhört hatte.

Er setzte sich auf den freien Stuhl. Noah saß auf dem Bett, körperlich völlig am Ende.

„Ich habe auch schon deinen Sohn verhört", sagte der Vernehmer. Noahs Augen gingen weit auf. Er stand auf, sprang auf den Vernehmer und fing an, ihn zu erwürgen. Dabei viel dieser vom Stuhl und Noah würgte ihn weiter. Der Vernehmer konnte kaum atmen und Noah drückte noch fester zu. Durch den Lärm kamen zwei weitere Personen in die Zelle und schlugen mit Knüppeln auf Noah ein. Der Vernehmer stand auf, richtete seine Krawatte wieder zu recht und verließ die Zelle. Auch die anderen beiden Personen verließen die Zelle. Noah lag mit großen Schmerzen auf dem Boden. Sein ganzer Körper fühlte sich an wie eine große Wunde. Überall schmerzte es, bei jeder Bewegung kam es ihm vor, als würde er sich etwas brechen. Langsam zog er sich hoch aufs Bett und legte sich wieder darauf.

Rachel hatte am Abend zuvor mit Ali gesprochen und ihm davon berichtet, dass sie nun seinen Vater festgenommen hatten. Ali brach vor Angst in Tränen aus. Doch Rachel beruhigte ihn wieder und gab ihm zu verstehen, dass sie auch ihn rausholen werde. Er müsse sich nur gedulden. Inzwischen vertraute Ali Rachel. Sie hatte es ja geschafft, ihn herauszuholen, also könnte sie es auch mit seinem Vater schaffen, dachte er sich. Rachel berichtete ihm auch vom Haus, in dem sich Noah versteckt hatte, und fragte Ali, ob er das Haus und die Besitzer kennen würde, doch Ali wusste nichts darüber. Rachel hatte Bahira nicht zu Gesicht bekommen und konnte ihn daher nicht beschreiben. Er wurde an einen anderen Ort gebracht. Auch konnte Rachel nichts über den Aufenthaltsort von Sara und Emma sagen. Ali machte sich große Sorgen um seine Familie.

Nun saß Rachel in ihrem Büro und dachte darüber nach, ob sie mit Noah sprechen sollte. Aber das würde wahrscheinlich zu auffällig werden, da ihr Vorgesetzter ihr sowieso wegen der Befreiung von Ali misstraute. In diesem Moment beobachtete sie aus ihrem Büro heraus, wie wieder der Verbindungsmann kam und zu ihrem Vorgesetzten ging. Normalerweise kam der Verbindungsmann nur selten, aber da er nun zwei Tage hintereinander den Vorgesetzten besuchte, musste es wohl dringend sein. Rachel setzte sich sofort ans Laptop und lauschte dank des Abhörgeräts mit.

Als sich der Verbindungsmann setzte, reichte ihm der Vorgesetzte sofort einen Ordner.

„Lese dir diesen Ordner genau durch. Hier sind klare Anweisungen."

Der Verbindungsmann blätterte etwas im Ordner und fragte dann:

„Wollen Sie das wirklich durchziehen? Sie wollen ihre Chefs umlegen lassen?" Rachel erschrak, als sie das hörte. Nicht weil sie sich um das Leben der Chefs sorgte, denn diese waren mindestens so skrupellos wie ihr Vorgesetzter, sondern wie weit der Vorgesetzte gehen würde.

„Nicht alle. Es reicht, wenn nur einige von ihnen sterben. Ich will, dass jeder sieht, wozu der islamistische Terror fähig ist."

„Wozu das Ganze? Nur wegen einem kleinen Jungen."

„Es geht mir nicht um den kleinen Jungen. Sondern um diesen ständigen Druck, denn die Chefs auf mich ausüben. Verstehst du das nicht? Wir hatten doch sowieso vor, mehrere Anschläge zu machen. Betrachte es als einen unserer 99 Anschläge. Ich will mehrere Fliegen mit einer Klatsche schlagen: Die Islamisten verüben einen Anschlag und sind wieder im Visier. Die Chefs sterben. Ich verhafte die Attentäter und werde befördert. Es können ja nicht immer nur Spaziergänger sterben. Diesmal werden eben die Chefs von den Islamisten erledigt."

„Mich stört das nicht."

„Und diesmal werden wir sie alle verhaften. Jeden Einzelnen. Diejenigen, die mit dir in Kontakt waren, müssen aber schon direkt nach dem Anschlag sterben."

„Dafür sorge ich schon."

„Und als Hauptangeklagten nehmen wir diesmal den Vater des Jungen. Wir haben ihn gestern verhaftet."

„Hatte er den Jungen bei sich?"

„Nein, den Jungen haben wir nicht. Darum kümmern wir uns noch."

„Alles klar, dann mache ich mich mal auf den Weg. Es gibt ja genug zu tun."

Der Verbindungsmann stand auf und verließ das Büro. Rachel machte sich sofort bereit und folgte ihm unauffällig. Eigentlich würden ihr diese Aufnahmen wohl reichen, doch sie wollte noch in Erfahrung bringen, mit wem der Verbindungsmann und der Vorgesetzte zusammenarbeiteten und die Anschläge durchführten.

Der Verbindungsmann stieg in ein schwarzes Auto und fuhr davon. Rachel fuhr ihm mit Abstand hinterher. Innerhalb der Ortschaft war das noch einfach, doch als der Verbindungsmann in abgelegenen Orten fuhr, wurde es schwieriger, ihm unauffällig zu folgen. Doch Rachel blieb dran und hoffte, dass sie nicht bemerkt werden würde.

Vor einem verlassenen Lagerhaus parkte er und stieg aus. Rachel parkte etwas weiter weg. Der Verbindungsmann ging um das Gebäude herum und nahm nicht den Haupteingang. Rachel stieg ebenfalls vom Auto und näherte sich dem Lagerhaus. Sie ging ihm jedoch nicht hinterher, sondern schaute nach einem Fenster oder einem anderen Eingang. Dabei entdeckte sie ein zerbrochenes Fenster, durch das sie beobachten konnte, was sich innerhalb des Lagerhauses abspielte. Sie sah mehrere Männer, die mit dem Verbindungsmann sprachen. Sofort holte sie ihr Smartphone heraus und machte Fotos und Videos. Das Gesicht des Verbindungsmannes konnte sie jedoch nicht aufnehmen, da er mit dem Rücken zu ihr gedreht war.

Der Verbindungsmann übergab den Männern einen Ordner. Vermutlich der gleiche Ordner oder eine Kopie des Ordners, welches er vom Vorgesetzten erhielt, dachte sich Rachel.

Sie konnte jedoch nicht verstehen, worüber die Männer sprachen. Dafür war sie zu weit weg. Daher bekam sie nicht mit, wie sich Sissi und Assad erneut mit dem Verbindungsmann stritten. Durch die Gesten und Handbewegungen merkte sie jedoch, dass sie diskutieren.

„Du hast uns gesagt, dass wir das Lagerhaus nicht verlassen sollen und jetzt willst du, dass wir mehrere Attentate durchführen“, meinte Assad.

„Die Lage hat sich nun entschärft. Sie haben einen Sündenbock, der für das Attentat zur Rechenschaft gezogen wird. Damit ist dieser Fall geklärt und wir können zum nächsten übergehen“, antwortete der Verbindungsmann. Da eine solche Vorgehensweise in der Vergangenheit schon öfters vorkam, wunderte sich darüber keiner.

Sissi hatte sich den Ordner angeschaut und war etwas besorgt:

„Anschläge auf hohe Ranggeordnete Des Netzwerks?“

„Genau das. Es wird Zeit, dass wir nun in den oberen Ligen mitspielen. Sie sollen sehen, was es heißt, sich mit uns anzulegen.“

„Das ist zu gefährlich. Die werden alle streng bewacht", meinte Sissi.

„An die kommen wir nicht ran", ergänzte Assad.

„Wenn ihr den Ordner genau studiert, werdet ihr sehen, dass es möglich ist. Hier steht ganz genau drin, wann sie am wenigstens bewacht sind, wann sie am schutzlosesten sind, womit man sie am besten vergiften könnte, was ihre Schwachstellen sind. Jedes kleinste Detail ist aufgelistet."

Sissi und Assad schauten sich fragend an.

Der Verbindungsmann kam noch näher auf die beiden zu und sprach im leisen Ton, als würde er etwas Geheimes, was die anderen nicht hören sollten, sagen wollen: „Wenn ihr diesen Auftrag erledigt, kann ich dafür sorgen, dass ihr nicht mehr in diesen Lagerhäusern rumhocken müsst. Ich hole euch beide nach ganz oben. Wo ihr nicht mehr ausführt, sondern Entscheidungen trifft."

Das Angebot hörte sich verlockend an. Sissi und Assad hatten schon lange keine Lust mehr, Drecksaufgaben zu erledigen. Sissi zeigte auf den Ordner und antwortete daher:

„Es sind zu viele!"

„Ihr müsst ja nicht alle auf einmal töten!" Sissi und Assad schauten sich noch einmal an. Dann sagte Sissi:

„Einige in diesem Ordner werden schon morgen sterben. Dafür sorgen wir beide. Und du sorgst dafür, dass wir in der Kette aufsteigen."

Der Verbindungsmann lächelte wie jemand, der sein Ziel erreicht hatte und sagte nur: „Deal".

Dann machte er sich wieder in Richtung Ausgang. Rachel packte sofort ihre Kamera ein und lief zu ihrem Auto. Sie stieg jedoch nicht ein, damit der Verbindungsmann die Autotür nicht hörte. Sie versteckte sich seitlich vom Auto und beobachtete, wie der Verbindungsmann nun auch kam und in sein Auto stieg. Erst als er wegfuhr, stieg Rachel in ihr Auto und fuhr dann ebenfalls weiter ohne ihm diesmal zu folgen.

Noah wurde an diesem Tag nicht mehr verhört. Stattdessen kamen immer wieder Wärter in seine Zelle und schrien ihn an. Sie brüllten ihm verschiedene Sachen, beleidigten seine Familie, seine Kultur, seine Sprache und seine Religion. So versuchten sie ihn zu demütigen und zu brechen. Immer wieder riefen sie auch, dass er ein Terrorist sei und die Tat gestehen solle. Er und sein Sohn würden bis ans Ende ihres Lebens in einer Gefängniszelle schmorren. Noah wusste nicht, wo Ali war, daher ging er davon aus, dass auch Ali irgendwo in einer Zelle in diesem Gebäude sein müsste. Das Gefühl, im gleichen Gebäude mit Ali zu sein, gab ihm sogar ein Gefühl der Hoffnung.

Ali hingegen war immer noch im Haus von Rachel. Auf Anweisung von Rachel verließ er das Haus nicht. Noch nicht einmal den Fenstern näherte er sich. Als am Abend Rachel wieder zurückkam, lief er sofort zu ihr und fragte, ob es etwas Neues zu seinem Vater gab. Rachel meinte jedoch wieder nur, dass sie ihn bald rausholen würde. Sie bräuchte nur etwas Zeit. Ali fragte nach, ob er wenigstens mit seiner Mutter und seiner Schwester sprechen könnte, aber da wollte Rachel kein Risiko eingehen. Zumal sie gar nicht wusste, wo sie waren.

Auch Sara und Emma machten sich große Sorgen, da Noah nicht mehr anrief. Emma hatte die Befürchtung, dass ihm etwas zugestoßen sein könnte. Deshalb verließ auch sie die Wohnung der Freundin nicht mehr.

Rachel fühlte sich mit Ali wie eine Mutter. Sie hatte selbst nie geheiratet und hatte daher auch keine eigenen Kinder. Während sie für Ali kochte, ihm nach der Arbeit Kleider kaufte, sich um ihn sorgte und ihm die Sorgen nahm, fühlte sie Mutterinstinkte in ihr. Gefühle, die sie vorher nicht kannte. Es waren schöne Gefühle. Sie hatte jedoch Angst, sich an diese Gefühle zu gewöhnen. Denn Ali würde irgendwann zu seiner Familie wieder zurückkehren, wenn dieser Spuk zu Ende ging.

Damit dieser Spuk aber tatsächlich zu Ende ging, musste Rachel noch einiges vorbereiten. Da es im Büro zu gefährlich wäre, bereitete sie zu Hause alles vor. Sie bereitete für jeden Chef einen Briefumschlag vor, in dem sie jeweils ein Speichermedium mit den Ton-, Bild- und Videoaufnahmen vom Vorgesetzten und Verbindungsmann packte. Morgen wollte sie die Briefe anonym ins Postfach des Gebäudes legen. Von da aus verteilte das Sekretariat die Briefe an die jeweiligen Mitarbeiter.

Zur gleichen Zeit wurde Bahira in einer Zelle zunächst verhört und dann gefoltert. Seine Arme waren nach oben hin verbunden und hingen an einem Seil, dass von der Decke herunterhing. An seinem Körper hatte er nur noch eine Unterhose an. Am Oberkörper hatte er mehrere Verletzungen und Wunden. Immer wieder wurde er geschlagen und damit beschuldigt, Terroristen zu helfen. Die Folterer wollten wissen, wo Ali war und warum ein Droide von Ali bei ihm zu Hause war. Doch Bahira schwieg nur. Als der Vernehmer, der sich auch um Ali und Noah kümmerte, den Raum betrat und fragte, was Bahira schon ausgespuckt hätte, bekam er von den Folterern nur die Antwort:

„Er schweigt. Seit wir ihn von zu Hause geholt haben, hat er nicht ein Wort gesagt."

„Oh doch, das wird er. Er spielt jetzt hier den Helden." Der Verhörter näherte sich Bahira, hob dessen Kopf hoch und sagte:

„Die Leute, denen du hilfst, haben unsere Gesellschaft verpestet. Sie missachten alles, wofür wir stehen. Demokratie, Meinungsfreiheit, Menschenrechte, die Rechte der Frauen zertreten sie mit Füßen. Gegen diese Terroristen kämpfen wir ohne Erbarmen. Damit du frei leben kannst und in deiner Kirche predigen kannst, kämpfen wir mit aller Härte gegen diese Bastarde. Und dafür beschimpfen Leute wie du uns als Rassisten. Sofort schwingt ihr die Rassismus-Keule. Wir sind keine Rassisten. Wir haben nichts gegen andere Rassen. Wir haben nichts gegen Muslime. Wir wollen nur Terroristen fangen."

Bahira hatte dieses Gejammer schon Jahrzehntelang gehört. Es waren immer die gleichen Ausreden, um sich hinter Rassismus, Diskriminierung und Islamfeindlichkeit zu verstecken. Daher gab es nur eine Antwort, die er dem Vernehmer, dem wahren Terroristen in den Augen Bahiras, geben konnte. Er spuckte ihm Mitten ins Gesicht. Der Vernehmer wischte sich die Spucke vom Gesicht, holte sich einen Baseballschläger und schlug mehrmals mit voller Kraft auf Bahira ein. Die Folterer versuchten ihn nach einiger Zeit zu stoppen, was ihnen nicht gelang.

„Sir, Sir… Er stirbt", sagte einer von ihnen. Dem Vernehmer war das egal, er schlug weiter auf Bahira ein. Als er stoppte, waren sowohl Bahira als auch er selbst blutüberströmt. Der Vernehmer sagte nur noch: „Er hatte uns sowieso nichts mehr zu sagen!"

XLII

Rachel kam heute früher als sonst auf die Arbeit. Sie warf einige Unterlagen in verschiedene Postfächer und dabei auch unauffällig die Unterlagen, die sie für die Chefs vorbereitet hatte. Dann ging sie in ihr Büro und wartete. Sie wusste nicht, was für eine Reaktion kommen würde oder ob sie selbst überhaupt eine Reaktion mitbekommen würde, aber zumindest würde sie eine gewisse Hektik bemerken, dachte sie sich.

Bis in die Mittagszeit passierte aber rein gar nichts. Es lief alles wie gewohnt. Ihr Vorgesetzter war gestresst wie immer. Auf Noahs Handy, dass ihm die Gruppe gegeben hatte, konnte man keine Informationen finden, was ihn noch mehr aufregte. Er orderte an, dass Noah verhört werden sollte. Wieder übernahm diese Aufgabe der gleiche Vernehmer. Und wieder hatte er etwas, um Noah, der gerade an der Wand einen eingeritzten Halbmond betrachtete, zu provozieren:

„Dein guter Freund ist tot!", sagte er, nachdem er sich auf den Stuhl gesetzt hatte. Noah schaute verwundert den Vernehmer an. Er verstand nicht, wer damit gemeint war.

„Der alte Mann, Bahira!", fuhr er fort. Noah schaute ihn ungläubig an. Seine Augen wurden größer. Aus dem Gesichtsausdruck des Vernehmers verstand Noah, dass er nicht scherzte. Er sagte die Wahrheit. Noah setzte sich aufs Bett und senkte seinen Kopf. Tränen flossen ihm durch das Gesicht.

„Er ist leider von uns gegangen", meinte der Vernehmer, als würde es ihm leidtun. Noah erhob seinen Kopf und sagte:

„Nein, er ist nicht von uns gegangen. Er ist noch unter uns. Der Tod ist nicht das Ende. Es ist der Anfang des wahren Lebens. Der Tod ist nur die Tür zu einer anderen Dimension. Daher betrachten wir den Tod nicht als etwas Negatives. Der Tod gehört zum Leben dazu. Es bringt nichts, ihn zu verdrängen, man muss ihn akzeptieren."

„Dann solltest du so langsam deinen eigenen Tod akzeptieren. Egal, ob du hier aussagst oder nicht. Wir wissen, dass du und dein Sohn hinter dem Anschlag stecken. Also, wo hast du deinen Sohn versteckt?"

Noah hörte nur mit einem halben Ohr zu, gedanklich war er bei Bahira. Sein alter Freund hatte ihm geholfen, und dafür mit seinem Leben bezahlt. Genauso, wie er es gesagt hatte, als Noah bei ihm Zuflucht suchte.

„Ich frage dich jetzt noch einmal. Wo ist Ali?"

Noah schaute nun auf den Vernehmer und antwortete ihm mit einer Frage: „Ist er nicht hier bei Ihnen?"

„Wir haben bei dem alten Mann einen Droiden entdeckt. Was hattet ihr mit ihm vor?"

„Den haben wir nicht gebaut. Ich weiß nicht, wo mein Sohn ist."

„Was wolltest du auf dem Polizeirevier? Warum bist du dahingegangen?"

„Ich habe Ausschau nach meinem Sohn gehalten." Nach etwas stille war es nun Noah, der nach Ali fragte: „Wo ist mein Sohn?"

Der Vernehmer glaubte Noah nicht und versuchte noch einmal, ihm zu einem Geständnis zu bewegen:

„Ich habe deine Spielchen satt", meinte der Vernehmer und stand auf. „Wir werden deinen Sohn so oder so finden. Egal ob mit oder ohne deine Aussage." Er verließ den Raum und Noah vertiefte sich wieder in Gedanken? Was hatten sie mit Bahira angestellt? Wie war er gestorben? Wo war Ali? Wussten sie wirklich selbst nicht, wo Ali war? Wer hatte den Droiden warum gebaut? Viele Fragen gingen ihm durch den Kopf.

Rachel hörte plötzlich laute Stimmen. Sie ging aufs Flur, um zu schauen, woher die Stimmen kamen. Dabei bemerkte sie, dass es eine lautstarke Diskussion gab. Sie näherte sich den Stimmen und sah, wie sich ihr Vorgesetzter in seinem Büro mit zwei der Chefs stritt. Lauthals schrie er:

„Das ist eine Verleumdung. Eine Montage. Jemand versucht, mich los zu werden."

Die Chefs schrien ebenfalls auf ihn ein: „Die ganze Sache wird intensiv geprüft werden. Bis dahin sind sie von ihren Diensten suspendiert. Packen Sie sofort ein und verlassen Sie das Gebäude."

Die Chefs verließen den Raum und Rachel kehrte schnell in ihr Büro zurück. Der Vorgesetzte platzte vor Wut. Er wusste, dass das Material echt war und dass es daher irgendwo in seinem Büro ein

Abhörgerät geben musste. Gleichzeitig musste jemand den Verbindungsmann verfolgt haben. Er dachte daran nach, die Videoüberwachungskameras durchzusehen, bevor er das Gebäude verließ. Aber so viel Zeit hatte er nicht. Er wusste nicht, wo er anfangen sollte zu suchen. Man könnte ein Abhörgerät zu jeder Zeit angebracht haben. So schaute er in den Videoaufnahmen nach, ob jemand den Verbindungsmann aus dem Gebäude heraus verfolgt hatte. Aber auch hier wurde er nicht fündig. Denn aus Stress überflog er die Kameraaufnahmen nur.

Dann fiel ihm eine andere Idee ein. Er suchte nach dem Abhörgerät, um ihn später auf Fingerabdrücke überprüfen zu lassen. Da das Abhörgerät direkt auf der Unterseite des Tischs angeklebt war, wurde er auch schnell fündig. Natürlich konnte er das Gerät Niemandem zeigen, da dann bewiesen wäre, dass die Aufnahmen echt waren. Also versteckte er das Gerät in seiner Tasche. Er packte schnell seine Sachen und verließ tatsächlich das Gebäude.

Im Auto rief er mit einem zweiten Smartphone den Verbindungsmann an:

„Blas die letzte Aktion sofort ab!", befahl er. Der Verbindungsmann fragte nach einem Grund, doch der Vorgesetzte sagte nur: „Ich habe jetzt keine Zeit für Erklärungen. Stoppe sofort die Aktion."

Der Verbindungsmann rief sofort Assad an und teilte ihm mit, dass es eine Sicherheitslücke gebe und die neuen Pläne erst einmal nicht umgesetzt werden sollten. Assad meinte jedoch, dass die ersten Einheiten schon unterwegs waren. Der Verbindungsmann machte Druck und befahl, die Aktion sofort abzublasen. Daraufhin rief Assad nacheinander die Einheiten an und forderte sie zum Rückzug auf. Bis auf eine Einheit, konnte Assad die Attentate verhindern. Bei einem war es jedoch schon zu spät.

XLIII

Einer der Chefs war gerade in der Innenstatt und verließ ein Meeting, an dem er teilgenommen hatte. Er ging zu seinem Auto in die Tiefgarage und stieg ein. Als er mit seinem Fingerabdruck den Motor einschaltete, explodierte das Auto in tausend Stücke. Ein lauter Knall ertönte durch die ganze Garage und war auch von außerhalb zu hören.

Die Radikalen hatten aus dem Ordner des Verbindungsmanns erfahren, dass der Chef an diesem Ort ein geheimes Meeting haben würde und dass schon für ihn genau an diesem Platz ein Parkplatz reserviert war. Mit dieser wichtigen Info konnten sie das Attentat mit Leichtigkeit durchführen. So hatten sie erst den Parkwächter ausgeschaltet, danach die Videoüberwachungskameras und konnten dann die Bombe anbringen.

Die Ermordung des Chefs war sofort in allen Medien. Dies war nun die zweite Explosion innerhalb einer Woche. Umso größer war die Angst in der Bevölkerung. Aber auch die Wut stieg an. Schnell hatten die Medien auch schon vermeintliche Attentäter ausgemacht. Es müssten die gleichen islamistischen Terroristen sein. Noch bevor offizielle Meldungen hierzu kamen, diskutierten sogenannte Islamexperten über Terrorismus und machten düstere Prognosen für die Zukunft.

Beim Netzwerk schlug die Meldung über das Attentat ein wie, im wahrsten Sinne des Wortes, eine

Bombe. Alle Mitarbeiter waren in Alarmbereitschaft und suchten nach Hinweisen. Die Chefs waren in Panik darüber, dass sie die nächsten sein könnten, auf die ein Anschlag verübt werden würde. Laut den Aufnahmen von Rachel könnte es jeden treffen. Deshalb orderten sie die sofortige Verhaftung des Vorgesetzten und seiner Komplizen. Auf den Aufnahmen von Rachel konnte man den Verbindungsmann nicht genau erkennen. Daher musste man sich diese Information erst vom Vorgesetzten holen. Einige Der Radikalen waren jedoch klar und deutlich erkennbar, so dass man überall nach sie fahndete. Man durchsuchte sämtliche bekannte leeren Lagerhäuser. Doch Die Radikalen waren schon nachdem Anruf des Verbindungsmannes untergetaucht.

Nur wenige Minuten nach der Explosion der Autobombe klingelte es an der Tür des Vorgesetzten. Er hatte aus den Medien von der Explosion erfahren und packte gerade schnell seine Sachen, um ebenfalls unterzutauchen. Als die Tür klingelte, raste sein Herz schneller als sonst. Er holte sich sofort seine Waffe und schaute von der Videoüberwachungskamera, wer vor der Tür stand. Es war der Verbindungsmann. Der Vorgesetzte war etwas erleichtert. Er machte schnell die Tür auf und schloss sie wieder genauso schnell zu, nachdem der Verbindungsmann das Haus betrat. Sofort brüllte der Vorgesetzte ihn an:

„Wieso konntest du das nicht verhindern? Wird es weitere Anschläge geben? Wir müssen schnell verschwinden?"

Während der Vorgesetzte in Eile war, schien der Verbindungsmann gelassen zu sein. Der Vorgesetzte bemerkte dies und wurde wütender:

„Warum bist du so locker?"

Der Verbindungsmann schaute einige Sekunden ins Gesicht des Vorgesetzten, nahm dann seine Waffe heraus und schoss ihm direkt zwischen die Augen. Der Vorgesetzte fiel zu Boden und war sofort tot.

Der Verbindungsmann suchte nach den Aufnahmen der Videoüberwachungskameras und löschte alle Aufnahmen. Die Festplatte des Laptops nahm er dann zur Sicherheit heraus und steckte sie in seine Tasche. Kurz bevor er das Haus verließ, entfernte er seine Fingerabdrücke von der Tatwaffe, legte die Waffe in die Hände des Vorgesetzten und ließ es so aussehen, als wäre es ein Selbstmord gewesen.

Wenige Minuten später trafen Sondereinsatzkommandos Des Netzwerks ein und fanden die Leiche des Vorgesetzten. Den Täter würden sie nicht so schnell ausfindig machen können, da es in dieser Gegend keine Videoüberwachungskameras gab. Der Vorgesetzte hatte schon vor Jahren alle Kameras in dieser Gegend entfernen lassen, um ungestört seinen Machenschaften nachgehen zu können. Die ergab sich nun als Nachteil für ihn.

XLIV

Die Chefs waren nun alle zusammengekommen und hielten eine hitzige Diskussion. Sie beschuldigten sich gegenseitig, die Pläne des Vorgesetzten nicht schon vorher bemerkt zu haben. Währenddessen kam die Info, dass der Vorgesetzte tot in seinem Haus gefunden wurde. Dies verärgerte die Chefs noch mehr. Dadurch würde es schwieriger werden, seine Komplizen ausfindig zu machen. Weder vom Verbindungsmann noch von Den Radikalen gab es eine Spur.

„Wir können der Öffentlichkeit nicht sagen, dass jemand von uns das Attentat durchgeführt hat. Das würde nur zu Chaos und Misstrauen führen", meinte einer von ihnen.

Ein anderer ergänzte, „Die Scheinheiligen von Der Neuen Regierung würden uns dann ebenfalls ersetzen. Auch sie dürfen die Wahrheit nicht erfahren."

„Es bleibt uns nichts Anderes übrig, als die Islamisten dafür in Verantwortung zu ziehen", war die Lösung eines der Chefs.

Diese Idee wurde von einem anderen bekräftigt: „Falls wir diese Hunde auf den Aufnahmen nicht erwischen, müssen wir eben andere einbuchten."

„Was ist mit dem Typen, den wir schon haben?", fragte jemand und meinte damit Noah, „Die Medien berichten sowieso schon davon, dass es die gleichen Personen waren, die den ersten und den zweiten Anschlag verübt haben."

„Ja, das sollten wir auf jeden Fall so bekräftigen. Aber der Eine reicht nicht. Wir müssen so viele wie möglich verhaften und Der Neuen Regierung berichten, dass wir eine Terrorzelle aufgelöst haben."

„Was ist mit dem Selbstmord des Vorgesetzten?", fragte jemand aus der Runde.

„Das sollten wir lieber komplett aus diesen Fällen heraushalten. Das sollte nicht in die Öffentlichkeit."

In Windeseile spielte man den Medien zu, dass wieder einmal Islamisten hinter dem Attentat standen. Damit bestätigte man die ohnehin von den Medien aufgestellte Behauptung. Parallel wurden im ganzen Land Personen festgenommen, die man Terrorzellen zuordnete. Die wahren Drahtzieher, wie z.B. Sissi und Assad, erwischte man jedoch nicht. Sie waren schon in Schutz anderer ausländischer Netzwerke, die Die Radikalen auch in Zukunft noch einsetzen wollten. Auch den Verbindungsmann konnte man bisher nicht finden.

Schnell sprach sich im Netzwerk herum, dass der Vorgesetzter sich selbst umgebracht hatte. Rachel glaubte jedoch nicht an einen Selbstmord, da der Vorgesetzter viel zu selbstverliebt war. Er würde sich niemals selbst das Leben nehmen, dachte sie sich. Aber sie hatte jetzt keine Zeit, dem nachzugehen. Sie überlegte vielmehr, wie sie Noah und Ali, der noch als Gesuchter galt, befreien, bzw. freisprechen könnte.

Nach und nach beobachtete sie, wie immer mehr Leute festgenommen wurden. Bei Durchsicht der Akten fiel ihr auf, dass zwischen den Festgenommen fast nie ein Zusammenhang bestand. Schnell verstand sie, dass hier eine große Willkür herrschte. Anscheinend wurden nach Willkür Dutzende von Menschen festgenommen. Diesen Verhafteten wollte man anscheinend beide Taten zuschreiben.

So entwickelte sie einen riskanten Plan, bei dem sie eventuell Ali und Noah befreien könnte. Es könnte aber auch sein, dass sie dabei auffliegen würde. Aber es fiel ihr keine andere Option ein.

Sie zog sich Handschuhe an und holte ein Laptop aus ihrem Schrank, welches versteckt unter anderen Materialien lag und welches sie bisher noch nie benutzt hatte. Sie hatte dieses Laptop für solche Fälle wie jetzt aufbewahrt. Nun war es Zeit, es zu nutzen. Sie setzte sich ans Schreibtisch und begann schnell an diesem Laptop zu tippen. Zunächst tippte sie einen kurzen Text. Danach änderte sie mit einer VPN Software ihre IP-Adresse und generierte einen künstlichen Standort. Damit loggte sie sich im Presseserver Der Neuen Regierung ein. In nur wenigen Minuten würde der Server den Fremdzugriff erkennen und das IT-Sicherheitsteam benachrichtigen. Daher musste sie schnell reagieren. Sie verschickte im Namen der Presseabteilung die Aufnahmen, auf denen der Vorgesetzte zu hören war und der Verbindungsmann sich mit Den Radikalen traf, an die großen Medien mit dem kurzen Text, den sie schrieb. In dem Text machte sie deutlich, dass der Vorgesetzte hinter der Explosion und dem Attentat auf den Chef steckte und hierfür als Sündenbock einen kleinen Jungen und seinen Vater verhaften ließ. Auch erwähnte sie den Selbstmord des Vorgesetzten und seine Zusammenarbeit mit Den Radikalen. Sie schickte alles ab, mit der dringenden Bitte um schnelle Veröffentlichung. Alles in Namen der Presseabteilung Der Neuen Regierung.

XLV

Die Nachricht schlug Wellen. Sie wirkte ebenfalls wie eine Bombe. Überall in den Medien wurden die Aufnahmen von Rachel gezeigt. Da die Meldung vermeintlich von Der Neuen Regierung kam, zögerten die Medien nicht, diese Infos schnell zu veröffentlichen. Sicherheits- und Nachrichtendienstexperten versuchten den Vorfall einzuordnen. Man sprach von einem Konkurrenzkampf innerhalb Des Netzwerks, ging jedoch aus Angst nicht in die Tiefe der Thematik ein.

Die Chefs Des Netzwerks tobten vor Wut. Die Telefone klingelten unaufhörlich. Das Netzwerk wollte wissen, woher Die Neue Regierung diese Informationen hatte und warum man diese ohne Absprache mit Dem Netzwerk geteilt hatte. Die Neue Regierung hingegen wollte wissen, ob diese Informationen wahr waren und wer sie im Namen Der Neuen Regierung verbreitet hatte. Krisenstäbe wurden eingerichtet.

Das IT-Sicherheitsteam Der Neuen Regierung konnte zurückverfolgen, dass sich jemand in ihr System gehackt und die Pressemeldung rausgeschickt hatte. Auf Grund der künstlichen IP-Adresse von Rachel landete man jedoch auf eine falsche Fährte. Also versuchte man durch verschiedene Hacker herauszufinden, wer wann wo diese künstliche IP-Adresse generiert hatte. Dabei konnten sie ungefähr einen Standort ausmachen, da das Laptop noch eingeschaltet war.

Sofort stürmte ein Sondereinsatzkommando zum angezeigten Standort. Sie riegelten alles ab und näherten sich mit schweren Geschützen dem Zielpunkt. Und sie fanden tatsächlich das Laptop von Rachel. Es lag in einer Mülltonne einer Pizzeria ca. 10KM entfernt vom Netzwerk.

Rachel hatte damit gerechnet, dass man eventuell das Laptop lokalisieren würde. Deshalb hatte sie das Gerät in der Mülltonne einer Pizzeria entsorgt und es bewusst internetfähig angelassen, um die Sucher auf eine falsche Fährte zu locken. Auf dem Laptop gab es sowieso keinerlei Anzeichen auf Rachel. Auch ihre Fingerabdrücke würden sie nicht finden können, da sie es mit Handschuhen genutzt hatte. Mit Überwachungskameras würde man sie ebenfalls nicht auffinden können, da sie bewusst Straßen und Gegenden mit Kameras vermied.

Als Emma die Nachrichten sah, bekam sie einen Schreck. Sie wusste sofort, dass es sich bei den Sündenböcken um Ali und Noah handeln müsste. Sie fühlte es. Nun war sie überzeugt davon, dass sie auch Noah hatten. Das müsste der Grund sein, warum sie ihn nicht erreichen konnte, dachte sie sich. Sie machte sich jetzt noch größere Sorgen und brach in Tränen aus. Ihre Freundin versuchte sie zu beruhigen. Emma hatte nur einen kleinen Hoffnungsschimmer, da in den Medien berichtet wurde, dass der Vorgesetzte und Die Radikalen hinter den Taten steckten und Noah und Ali falsch verdächtigt wurden. Sie erhoffte sich dadurch, dass man sie freilassen würde. Jedoch konnte sie sich nicht vorstellen, dass Die Neue Regierung diesen Schritt gehen würde, weil sie dadurch indirekt zeigen würde, dass zwei Muslime zu Unrecht beschuldigt wurden. Vielmehr würden sie wahrscheinlich andere Ausreden finden, um sie weiterhin in Haft zu lassen, dachte sich Emma.

Auch Rachel fragte sich die gleichen Fragen. Inzwischen war sie wieder im Büro, nachdem sie ihr Laptop entsorgt hatte. Die Öffentlichkeit wusste nun, dass der Vorgesetzte beide Taten durchgeführt hatte, jedoch Noah und Ali für die Taten festgenommen wurden. Im Normalfall würde man Noah und Ali nun wieder freilassen, jedoch herrschte kein Normalfall. Besonders nicht, wenn es um Muslime ging. Hier wurde mit zweierlei Maßen gemessen. Also musste sie ihre Überredungskünste einsetzen. Unter welchen Umständen würde Die Neue Regierung Ali und Noah freilassen? Das würde sie nur tun, wenn sie ihr Gesicht bewahren würde und wenn es zu ihrem Nutzen wäre, dachte sich Rachel. Also brauchte sie ein Argument, warum es Der Neuen Regierung zum Nutzen sein könnte, Ali und Noah freizulassen.

Es war jedoch schon spät geworden. So machte sie sich auf den Weg nach Hause. Während der Fahrt nach Hause dachte sie an verschiedene Optionen, was sie machen könnte. Sie spielte mehrere Szenarien in ihrem Kopf ab. Auch zu Hause, während sie mit Ali aß, drehte sich ihr Kopf nur um dieses Thema. Erst kurz vor dem Schlafengehen hatte sie sich entschieden, was sie machen würde. Sie erhoffte sich, dass sie auch wirklich alles so durchziehen könnte, wie sie es sich vorstellte.

XLVI

Gleich am Morgen beantragte Rachel, Noah zu verhören. Da sie schon Ali verhört hatte, war sie laut den Akten in den Fall eingebunden und erhielt dadurch schnell eine Erlaubnis. Bisher hatte sie das nicht gemacht, weil der Vorgesetzte gemerkt hätte, dass Rachel etwas im Schilde führte. Da nun aber dieser tot war, konnte Rachel unbesorgt Noah verhören.

Rachel betrat die Zelle von Noah. Er hatte von den ganzen Entwicklungen nichts mitbekommen. Das einzige, dass er wusste, war, dass Bahira verstorben war. Rachel musste irgendwie sein Vertrauen gewinnen, damit sie ihren Plan umsetzen konnte. Da es schwierig sein würde, Noahs Vertrauen mit Worten zu gewinnen, schlug sie einen anderen Weg ein.

Sie setzte sich auf den freien Stuhl und bat Noah, sich ebenfalls an den Tisch zu setzen. Noah setzte sich schweigend hin. Er hatte die Annahme, dass diesmal bewusst eine Frau zum Verhör kam, weil sie davon ausgehen würden, dass er eine Frau nicht angreifen würde, so wie er es bei dem Vernehmer getan hatte.

Rachel holte ein Stück Papier aus der Tasche und legte es auf den Tisch. Auf dem Papier stand „Ich liebe dich, Vater! Wir sehen uns bald wieder!". Neben den Sätzen war ein Halbmond eingezeichnet. Rachel hatte die Sätze Ali schreiben lassen. Noah machte große Augen und erkannte sofort die Handschrift Alis.

Kurz schaute er auch auf den Halbmond in der Wand. Er wunderte sich jedoch über das Geschriebene nicht, da er annahm, dass sie Ali in einer anderen Zelle festhielten und ihm dies wohl aufschreiben ließen. Er war jedoch besorgt, dass sie ihm etwas angetan haben könnten oder sie ihn jetzt mit Ali bedrohen würden. Rachel bemerkte seine Sorge. Deshalb sagte sie sofort:

„Keine Sorge. Ali geht es gut." Sie machte eine kurze Pause und sprach dann weiter. „Sie müssen mir vertrauen. Wahrscheinlich haben Sie diesen Satz schon sehr oft gehört, aber ich meine es wirklich ernst: vertrauen Sie mir!" Nun sprach auch Noah:

„Sie verlangen von mir, dass ich Ihnen vertraue? Ich sitze hier in dieser Zelle. Mein Sohn ist in einer anderen Zelle. Weswegen? Für nichts. Und Sie verlangen von mir, dass ich Ihnen vertraue?"

„Ich kann Sie verstehen. Ich hätte in Ihrer Situation wahrscheinlich genauso reagiert."

Noah unterbrach sie:

„Was wollen Sie von mir?"

„Ich will, dass Sie Aussagen, dass Sie Ali entführt haben."

„Ich habe niemanden entführt."

„Aus der Sicht Des Netzwerks ist es jedoch eine Entführung."

„Habe ich aber nicht."

„Sie haben es aber versucht."

„Woher wollen Sie das wissen?"

„Weil der Droide im Haus Ihres Freundes gefunden wurde. Sie haben anstatt Ali den Droiden befreit."

„Sie sagen es selbst. Ich habe Ali nicht befreien können."

„Ich weiß, dass Sie Ali nicht haben und dass Sie auch nicht wissen, wo Ali ist. Wenn Sie jedoch aussagen, dass Sie Ali haben, jedoch nichts mit der Bombenexplosion zu tun haben, kann ich Sie und Ali hier rausholen."

„Wissen Sie denn wo Ali ist?"

Rachel dachte kurz nach und gab dann eine Antwort:

„Ich bin die Einzige, die weiß, wo er ist!"

Noah schaute sie mit fragenden Blicken an. Deshalb fuhr Rachel fort:

„Und ich bin die Einzige, die ihn und Sie aus dieser ganzen Sache rausholen kann. Sie haben nichts zu verlieren. Sie streiten jegliche Verbindungen zu den Attentätern ab und gestehen, dass Sie nur Ali befreit haben."

Noah dachte kurz nach: „Im Grunde ist das die Wahrheit", murmelte er.

Rachel ergänzte: „Nur mit dem Zusatz, dass Sie Ali versteckt haben."

Noah überlegte. Also hackte Rachel nach: „Vertrauen Sie mir! Ich kann Ihnen jetzt nicht alles erklären, aber am Ende werden Sie mir dafür danken!"

Nach einer kurzen Überlegung nickte Noah zu. Er sagte nichts, nickte nur seinen Kopf. Er hatte ja nichts zu verlieren, dachte er sich. Rachel stand auf, verließ die Zelle und hoffte, dass sich Noah daran halten würde.

Der erste Teil ihres Plans war geschafft. Nun kam jedoch der schwierigere Part. Sie ging in ihr Büro um sich kurz gedanklich darauf vorzubereiten. Ihren Plan spielte sie sich im Kopf noch einmal durch. Und dann ging sie direkt zu einem der Chefs ins Büro, bei dem sie dachte, dass sie ihn am leichtesten überzeugen könnte. Nachdem der Chef sie hereinbat, begann sie mit ihren Ausführungen:

„Ich habe gerade den Hauptverdächtigen verhört. Seine Aussage deckt sich mit den Medienberichten. Er beteuert, nichts mit der Explosion oder mit Den Radikalen zutun tu haben. Jedoch gesteht er, Ali entführt zu haben."

„Was interessiert es mich, was er zu sagen hat?"

„Was ich damit sagen will ist, dass der Vorgesetzte den Jungen und seinen Vater verhaften ließ um von sich und seinen Helfern abzulenken. Da die Öffentlichkeit nun davon weißt, wäre es doch von Vorteil, sie freizulassen."

„Wenn wir alles machen würden, was die Öffentlichkeit will oder weißt, dann säßen wir nicht hier."

Rachel merkte, dass sie in eine Sackgasse geriet.

„Das verstehe ich. Ich bin auch nicht der Meinung, das zu tun, was die Öffentlichkeit will. Aber man könnte doch jetzt mit einem strategischen Schachzug zeigen, dass man eben nicht alle Muslime diskriminiert, sondern dass es um Terroristen geht, hinter denen wir her sind. Damit lenken wir vom Problem mit dem Vorgesetzten ab. Denn solange wir den Jungen und seinen Vater in Haft lassen, wird man dies als Fortführung des Plans des Vorgesetzten verstehen und dadurch große, interne Konflikte im Netzwerk vermuten. Nicht nur die Öffentlichkeit, sondern auch Die Neue Regierung."

Diesmal entgegnete der Chef nicht direkt. Er schien Rachel folgen zu können, lehnte sich etwas zurück und fragte dann:

„Wo ist der kleine Junge?"

„Sein Vater scheint ihn irgendwo zu verstecken."

„Gut, Sie können gehen."

Rachel war verwundert. Sie hatte eigentlich gedacht, dass eine Reaktion, ein Ja oder ein Nein, auf ihre Ausführungen kommen würde, aber es kam nichts. Vielleicht war das aber auch ein gutes Zeichen, denn der Chef blockte normalerweise alles schnell ab, wenn er nicht der gleichen Meinung war. Vielleicht wollte er es sich noch überlegen, dachte sie sich, während sie sein Büro verließ.

Währenddessen übte Die Neue Regierung Druck auf Das Netzwerk aus. Sie wollten umgehend eine Aufklärung der Geschehnisse. Inzwischen hatte Das Netzwerk glaubhaft klargemacht, dass die Informationen durch einen Hacker abgeschickt wurden. Dies machte jedoch deutlich, dass es innerhalb Des Netzwerks Machtkämpfe gab. Die Neue Regierung empfand dies als Schwäche. Die Medien gingen weiterhin davon aus, dass diese Informationen von Der Neuen Regierung kamen, deshalb beschäftigten sie sich weiterhin mit dem

Thema. Eine nun weitverbreitete Theorie einiger Islamexperten war, dass der Vorsitzende selbst heimlich ein Muslim war und gemeinsam mit Den Radikalen Die Neue Regierung unterwandern und dann stürzen wollte. Zudem wurden weiterhin dutzende Menschen verhaftet und als Mitglieder Der Radikalen inhaftiert.

Gegen Abend trafen sich die Chefs mit Mitgliedern Der Neuen Regierung. Man war sich schnell einig, kein Wort darüber zu verlieren, dass die Pressemeldung von einem Hacker ausging. Denn dies würde wieder eine Schwäche offenbaren. Genau das wollten sie jedoch verhindern. Sie wollten Stärke beweisen und ihre Macht demonstrieren und weiter ausbauen.

Einer der Mitglieder Der Neuen Regierung meinte dann:

„Die Öffentlichkeit geht davon aus, dass die Pressemeldung von uns ausging. Laut dieser Pressemeldung steckt der inzwischen tote Vorsitzende sowohl hinter dem Bombenattentat als auch dem Attentat auf einen der Chefs. Die Radikalen sind dabei seine Komplizen gewesen. An dieser Story sollten wir nichts rütteln oder verändern."

„Auf diese Weise ist es auch viel einfacher, Antworten zu geben, in dem wir einige Radikale verhaften und sie zur Rechenschaft ziehen. Dabei muss dann immer die Aussage der Verhafteten fallen, dass sie im Auftrag des Vorgesetzten gehandelt haben. So können wir das Narrativ weiterfortsetzen", meinte jemand vom Netzwerk.

„Was ist mit der Person, mit der der Vorgesetzte gesprochen hat, dem er den Auftrag gegeben hat?", fragte jemand von Der Neuen Regierung.

„Auch er wird überall gesucht. Leider bisher ohne Erfolg", antwortete einer der Chefs.

„Was machen wir mit dem, der schon verhaftet ist? Und seinem Sohn?", fragte einer der Chefs vom Netzwerk.

Diese Frage beantwortete der Chef, mit dem Rachel gesprochen hatte:

„Auch hier sollten wir das umsetzen, was die Öffentlichkeit glaubt. Dass diese beiden Personen vom Vorgesetzten als Sündenbocke festgenommen wurden."

„Wir sollen sie also beide freilassen? Diese Muselmänner sind doch alle gleich", entgegnete ein anderer Chef.

Ein Mitglied Der Neuen Regierung bekräftigte den Chef, mit dem Rachel gesprochen hatte:

„Natürlich sind sie alle gleich. Aber hier geht es jetzt um unser Ansehen. Wir haben nichts davon, wenn wir sie festhalten, aber, wenn wir sie frei lassen, können wir damit ebenfalls Propaganda machen."

„Inwiefern?", fragte einer der Chefs.

Der Chef, mit dem Rachel gesprochen hatte, gab hierzu eine Antwort:

„Ganz einfach. Wir nutzen das zu unseren Gunsten. Wir verbreiten dadurch die Ansicht, dass wir eben nicht islamfeindlich sind. In dem wir diese vermeintlich Unschuldigen freilassen, können wir auch die letzten Zweifler für uns gewinnen und erlangen so noch mehr Macht. Den Jungen haben wir ja sowieso nicht mehr! Außerdem zeigen wir der Öffentlichkeit, dass das alles nur ein Plan des Vorgesetzten war und wir nichts damit zu tun haben."

Nun meldete sich erst einmal niemand zu Worte. Das Schweigen wurde unterbrochen von einem Mitglied der Der Neuen Regierung. Er sagte:

„Stimmen wir ab!"

XLVII

Am nächsten Tag rief einer der Chefs Rachel in sein Zimmer. Sie hatte für ihren Vorschlag bisher keine Rückmeldung erhalten und ging inzwischen davon aus, dass sie es ablehnen würden, Noah und Ali freizulassen. Einen weiteren Plan hatte sie bisher nicht. Sie wusste auch nicht, was dieser Chef mit ihr bereden wollte.

Der Chef fragte Rachel:

„Sie sind doch in den Fall mit dem Jungen und seinem Vater eingebunden, oder?"

„Ja, ich habe den Vater gestern noch verhört."

„Gut, dann lassen Sie beide, bzw. ihn frei! Der Junge soll auch nicht mehr gesucht werden!", sagte er völlig gelassen, als wäre nichts dabei.

Fast irritiert fragte Rachel nach:

„Ich soll ihn freilassen?"

„Der bringt uns nichts. Dafür haben wir schon fast 50 andere verhaftet. Diese werden hinter Gittern landen. Sorgen Sie dafür, dass alle wissen, dass das ein Vergehen des Vorgesetzten war, der gemeinsam mit Den Radikalen zusammengearbeitet hat und dass wir nun die wahren Attentäter verhaftet haben."

Rachel hatte nun, was sie wollte, also hakte sie nicht weiter nach und verließ das Büro des Chefs. In ihrem Büro angekommen, atmete sie tief durch. „Geschafft", dachte sie sich. Ohne Zeit zu verlieren und bevor man es sich anders überlegen würde, ging sie in die Zelle von Noah.

„Sie sind frei!", sagte sie lächelnd.

Noah hatte schon jede Hoffnung auf eine Freilassung verloren, deshalb schaute er sie ungläubig an. Rachel bemerkte dies und fuhr fort:

„Sie können nach Hause gehen."

Noah verstand daraus, dass er zwar freigelassen wurde, aber Ali nicht, deshalb entgegnete er:

„Ich gehe nirgendswohin ohne meinen Sohn!"

„Dann nehmen Sie ihn doch mit. Auch er ist frei!"

Langsam begriff Noah, dass man sie wirklich freilassen würde. Aber so richtig nahm er dies noch nicht wahr. Er fragte nach:

„Wo ist mein Sohn?"

„Darüber müssen wir beide noch reden!"

Rachel setzte sich auf den Stuhl und bat Noah sich ebenfalls zu setzen. Als dieser saß, redete sie weiter:

„Ich gebe Ihnen eine Adresse. Gehen Sie heute um 20 Uhr zu dieser Adresse. Dort werden Sie Ali finden."

Schon wieder eine Adresse, zu der Noah gehen sollte, dachte er sich. Darauf hatte er nun wirklich keine Lust mehr:

„Bringen Sie mir doch einfach meinen Sohn. Was sollen diese Spielchen? Wenn ich freigelassen bin, dann will ich meinen Sohn auch sofort haben."

„Es geht im Moment nicht anders. Wenn Sie um 20 Uhr da sind, werden Sie alles verstehen. Es tut mir leid."

Um nicht weiterdiskutieren zu müssen, verließ Rachel die Zelle. Noah verstand nicht, ob das wirklich eine Freilassung war, oder nur ein Trick, um weitere Indizien gegen ihn und Ali zu sammeln.

Während Noah auf seine Freilassung wartete und seine Aussage unterschreiben musste, wurde in einem Saal in der Stadt eine Pressekonferenz abgehalten. Einige der Chefs und Regierungsmitarbeiter waren hier versammelt. Auch Rachel saß im Saal. Wie vorher verabredet, wurde der Presse mitgeteilt, dass der inzwischen verstorbene Vorgesetzte gemeinsam mit Den Radikalen die Bombenexplosion durchgeführt, den Chef getötet hatte und dann Selbstmord begann. Man habe jedoch inzwischen die Komplizen verhaftet und werde sie alle aufs Schärfste bestrafen, einige sogar mit der Todesstrafe. Mehrfach wurde betont, dass es sich bei dem Vorgesetzten um einen Einzelfall handeln würde und dessen Verhalten nicht auf die übrigen Mitarbeiter übertragen werden dürfe. Den verhafteten Vater und dessen Sohn würde man freilassen, weil auch dies nur ein Plan des Verstorbenen wäre. Fast feierlich gab man die Freilassung Noahs und Alis bekannt. Es war eine pure Inszenierung, eine Theateraufführung, und alle machten mit. Keiner hinterfragte. Die gleichgeschaltete Presse stellte keine einzige Frage. So endete die Pressekonferenz mit Meldungen darüber, wie gewissenhaft und gerecht Die Neue Regierung handelte.

Dabei machte sich Rachel Sorgen über die neuen Verhafteten. Es war gut, dass Mitglieder Der

Radikalen verhaftet wurden. Jedoch war sich Rachel sicher, dass auch willkürlich unschuldige Menschen verhaftet wurden, um die Zahl der Verhafteten hoch zu halten. Denn es ging auch um Statistiken. Als Zahl betrachtet, waren sie nur Statistiken. Doch wenn man die Einzelfälle betrachtete, erkannte man schnell die Einzelschicksale dahinter. Menschen mit Familien, die sich Sorgen um sie machten. Leider fehlte Rachel die Kraft und die Zeit, sich um alle zu kümmern. Diese Vorgehensweise war auch nicht neu. Seit Jahren wurde auf diese Weise gehandelt. Rachel versuchte mit ihren Möglichkeiten das schlimmste zu verhindern. Mit Ali war jedoch zum ersten Mal ein Kind festgenommen worden, weshalb sie sich so sehr an seine Freilassung klammerte. Letztendlich hatte sie es geschafft. Sie hatte alles aufgedeckt. Fast alles, dachte sich Rachel. Denn der Verbindungsmann blieb unbekannt. Er konnte nirgends aufgefunden werden. Auch Rachel sollte ihn nie wiedersehen.

Noah verließ mit erhobenem Kopf Das Netzwerk. Er stand nun vor dem Gebäude, dass er von dem leerstehenden Gebäude aus beschattet hatte. Er wollte damals hinein, nun war er drin gewesen. Jetzt durfte er ohne Probleme wieder raus.

Zu Ali konnte er noch nicht, dafür war es zu früh. Also machte er sich auf den Weg zu Sara und Emma. Ohne Auto war es jedoch viel zu weit und er war auch viel zu schlapp. Sein Portemonnaie und Handy hatte er auch nicht wiederbekommen. Das Netzwerk hatte sie beschlagnahmt. Also hatte er einen langen Weg vor sich.

Tatsächlich kam er völlig erschöpft bei der Freundin an, bei der Sara und Emma waren. Noah klingelte und die Tür ging auf. Die Freundin sah Noah voller Freude an und rief sofort Emma zu sich. Emma lief zur Tür und als sie Noah vor sich sah, brach sie in Tränen aus. Sie umarmte ihn sofort. Sara kam hinterhergelaufen und drückte ebenfalls ihren Vater. Emma fragte gleich nach Ali. Noah sagte zur Beruhigung, dass endlich alles vorbei sei und er Ali noch heute abholen würde.

Gemeinsam gingen sie in die Wohnung. Noah trank ein Schluck Wasser und erzählte die gesamte Geschichte. Emma konnte nicht fassen, was er alles erlebt hatte. Gleichzeitig war sie froh, dass nun alles ein Ende haben würde. Auch sie konnte es nicht erwarten, endlich wieder Ali zu umarmen.

XLVIII

Noah fuhr mit dem Auto der Freundin zur angegebenen Adresse. Eigentlich wollte er mit dem Bus fahren, jedoch verweigerte man ihm den Eintritt, da er 0 Punkte hatte. Das hatte er ganz vergessen. Deshalb lieh er sich das Auto der Freundin.

Er kam eine halbe Stunde vor der angegebenen Zeit in der Nähe der Adresse an. Teils weil er zu aufgeregt war, aber teils auch, weil er Rachel noch nicht so ganz vertraute. Das war auch der Grund, warum er darauf bestand, dass Emma und Sara nicht mitkommen und weiterhin in der Wohnung der Freundin bleiben sollten. Noah schaute sich in der Gegend um. An der angegebenen Adresse befand sich ein Waschsalon.

Eigentlich wollte Noah Die Gruppe kontaktieren und ihnen berichten, was alles vorgefallen war. Da er jedoch sein Handy nicht zurückbekam, hatte er bisher keine Möglichkeit gehabt, sie anzurufen. Er hoffte jedoch, dass Die Gruppe nicht auf sein Handy anrufen würde, da es ja beim Netzwerk lag.

15 Minuten vor dem Termin sah dann Noah, wie eine Dame angefahren kam. Sie war zwar etwas umgestylt, aber beim genauen Hinschauen bemerkte Noah, dass es Rachel war. Er konnte seinen Augen nicht trauen. Er verstand nicht, was sie hier wollte. Sie stieg aus dem Auto aus und ging mit einem Wäschesack in den Waschsalon, zu dem auch Noah

gleich hinsollte. Noah gingen die wildesten Theorien durch den Kopf. War das Ganze doch ein Plan? War Ali wirklich hier?

Noah konnte sich nicht mehr zurückhalten und lief zum Geschäft. Er versuchte erst durchs Fenster zu schauen, sah aber nichts Auffälliges. Also trat er in den Laden.

Rachel stand genau vor ihm. Noah und Rachel standen sich gegenüber. Rachel hatte gerade erst Ali darüber informiert, dass sein Vater kommen würde. Also rannte dieser direkt zur Tür, an Rachel vorbei und umarmte Noah. Noah kniete sich und drückte Ali fest an sich. Er konnte es nicht fassen, es war wirklich Ali. Aber er hatte ihn gar nicht reinkommen sehen. Rachel bat sie dann beide noch einmal kurz in den Waschsalon reinzukommen. Es war niemand sonst im Laden. Ein junger Mann saß an der Theke und schaute sich Videos auf seinem Smartphone an.

Rachel zeigte Noah den Wäschesack und erklärte ihm, dass sie damit Ali heimlich transportiert hatte. Sie bat auch Noah, Ali in einem Wäschesack aus dem Wäschesalon herauszutragen und erst in der Ferne im Auto den Sack zu öffnen. Ali kannte das ja schon zur Genüge. Rachen wollte damit verhindern, dass man durch Videokameras zurückverfolgen und sehen konnte, dass sie hinter dem ganzen Plan steckte. Deshalb hatte sie sich auch so umgestylt.

Sie versicherte Noah, dass sie nun beide frei seien. Sie würden es aber nicht leicht haben, weil ihr Punktestand durch den Haftaufenthalt, auch wenn es zu Unrecht war, nun auf 0 war. Noah hatte das schon zu spüren bekommen. Aber das war ihm in diesem Moment völlig egal.

Ali bemerkte, dass Noah noch immer verwirrt war. Rachel hatte ihm nicht erzählt, dass Ali in ihrem Haus war und warum sie nun freigelassen wurden. Auch verstand er immer noch nicht, warum in dem Auto ein Droide von Ali war. Rachel wollte nicht viel erzählen und verwies auf Ali, der alles Noah erzählen würde. Um ihn jedoch die Verwirrung zu nehmen, sagte Ali:

„Du kannst Rachel vertrauen. Sie hat mich befreit!"

Noah schaute Ali an und streckte dann Rachel die Hand aus. Sie schüttelten sich die Hände und Noah sagte:

„Vielen Dank für alles. Gebe es mehrere Menschen wie Sie, würde sich vieles ändern."

Rachel nickte nur.

Ali kroch dann wieder in den Wäschesack. Noah trug den Sack zum Auto. Der Wäschesack mit Ali drin war recht schwer, aber vor Freude empfand Noah dies nicht so.

Ali und Noah machten sich nun auf den Weg zur Freundin. Nach einer Weile kam Ali auch schon aus dem Wäschesack raus. Sie erzählten sich beide, was sie alles erlebt hatten und wie Rachel ihnen beiden geholfen hatte.

Beide hatten schlimme Tage erlebt. Tage, die sie ihr Leben lang nicht vergessen würden. Ihre Zukunft war nachhaltig negativ geprägt worden. Sie wussten beide nicht, ob sie sich je wieder erholen würden. Vor allem Ali kam es so vor, als würden diese Schmerzen unendlich bleiben und nie wieder vergehen. So sehr schmerzte es ihm. Er war sichtlich traumatisiert. Seine Kindlichkeit hatte er verloren, er war zu schnell reifer geworden.

Bei der Freundin angekommen, gab es eine große Wiedervereinigung. Sara und Emma konnten nicht fassen, Ali wieder zu sehen. Es war wie ein Traum. Der Schmerz der letzten Tage schien für Emma beim Drücken von Ali zu vergehen. Sie wollte ihn nicht mehr loslassen. Sie hatten viel zu besprechen, doch sie wollte Ali nicht zu sehr strapazieren.

Noah hatte noch eine letzte Bitte an die Freundin. Er fragte sie, ob sie ihn zu seinem Auto fahren könnte, damit er es abholen kann. In der Nähe des Hauses von Bahira hatte Noah zuvor sein Auto versteckt. Die Freundin sagte sofort ihre Hilfe zu und fuhr ihn zu seinem Auto. Dort angekommen, fuhr sie dann wieder zurück. Noah startete das Auto und fuhr erst zu Bahiras Haus.

Er schaute sich vom Auto aus das Haus an. Er traute sich nicht, an die Tür zu klopfen. Damit würde sich in seinem Kopf der Tod von Bahira noch mehr bestätigen. Er hatte Bahiras Leiche oder sein Grab nicht gesehen, deswegen hinterfragte er dessen Tot. Er war auch nicht auf die Idee gekommen, Rachel zu fragen. Minutenlang schaute er nur vom Auto zum Haus hinüber. Dann entschied er sich, doch an die Haustür zu gehen.

Noah verließ das Auto und ging mit langsamen Schritten zu Bahiras Haus. Er klopfte langsam an der

Tür, doch es geschah nichts. Dann klingelte er und wartete. Wieder tat sich nichts. Aus dem Haus kamen keine Geräusche. Das bewies zwar nichts, aber langsam fing Noah an, zu akzeptieren, dass Bahira tatsächlich gestorben sein müsste. Tiefe Trauer erfasste ihn wieder. Er konnte nicht einmal dessen Grab besuchen, weil er wahrscheinlich überhaupt keins hatte.

Bestürzt wollte er zum Auto zurück, als gerade eine ältere Dame vorbeikam und fragte:

„Wollten Sie zu Bahira?"

Noah wusste nicht, wie er antworten sollte:

„Äh, ja, eigentlich schon."

„Er ist leider gestorben. Islamisten haben ihn ermordet."

„Woher wissen Sie das?", fragte Noah erstaunt.

„Das haben sie in den Nachrichten gesagt." Die Dame begutachtete Noah und sagte dann:

„Sie sehen auch aus wie ein Muhammedaner. Aber Sie sind doch bestimmt einer der Guten, oder?"

Noah seufzte und ging ohne ein Wort zu sagen weiter.

XLIX

Noah, Emma, Sara und Ali konnten endlich wieder zu ihrer Wohnung zurück. Als Emma die Tür aufschloss, war es wie eine Befreiung für sie. Die Wohnung war etwas durcheinander, da Das Netzwerk nach der Befreiung Alis die Wohnung durchsucht hatte, aber das kümmerte sie nicht viel. Sie traten in ihre Wohnung ein und das vertraute Gefühl kehrte wieder zurück. Sie umarmten sich alle noch einmal und konnten endlich aufatmeten.

Noah versuchte dabei nicht an die negativen Seiten zu denken, sondern an die vielen guten Menschen, die ihnen geholfen hatten. Die Freundin, der junge Polizeibeamte, Bahira und natürlich Rachel. Sie hatten alle Zivilcourage gezeigt und sich gegen die Ungerechtigkeiten Der Neuen Regierung und Des Netzwerks gestellt. Bahira hatte sogar mit seinem Leben dafür bezahlt. Noah dachte daran, eine Grabstätte für seinen Freund einzurichten.

Als Noah kurz aus dem Fenster nach draußen blickte, erkannte er plötzlich jemanden aus Der Gruppe. Er saß auf einer Bank und schaute auf Noah. Er nickte Noah zu und Noah nickte ihm zurück. Damit kommunizierten beide, dass die Angelegenheit nun erledigt war und gleichzeitig bedankte sich Noah damit. Der Mann stand auf und ging wieder.

Kurz vor der Ausgangssperre für Muslime fragte Ali seine Eltern, ob er noch einmal zum Fußballfeld rennen durfte.

„Willst du damit nicht lieber etwas warten?", fragte Emma, die sofort in Panik geriet. Sie waren ja erst wieder nach Hause gekommen.

„Bitte Mutter."

Noah und Emma schauten sich an. Beide verstanden, dass dies wohl ein Weg für Ali sein könnte, seinen Ärger, seinen Frust auszulassen.

„Ok. Einmal hin und sofort wieder zurück!", meinte dann Emma.

Ali ließ sich das nicht zweimal sagen und lief sofort nach draußen. Im Treppenhaus schrie ihn der Nachbar Herr Besorg an. Auf der Straße schrie ihn Kemal, der Wursthändler, an. Alles schien so normal zu sein, wie immer. Eigentlich war es nicht normal, doch im Vergleich zu dem, was er die letzten Tage erlebt hatte, kamen ihm diese Diskriminierungen und Beleidigungen nicht mehr tragisch vor.

Hans Peter, der Klassenkamerad von Ali, der den Laden mit Hammer gestürmt hatte, saß auf dem Bürgersteig und sah Ali rennen. Er hatte ein schlechtes Gewissen. Am liebsten würde er alles ungeschehen machen. Aber leider ging das nicht mehr.

Ali rannte einmal zum Fußballplatz hin, ohne zu stoppen. Dort angekommen, schaute er sich kurz um, schnappte tief nach Luft und lief wieder zurück. Er wollte noch kurz vor der Ausgangssperre zu Hause sein.

Ali rannte so schnell er konnte. Es war zwar nicht wirklich spät, aber für jemanden wie ihn spät genug, um bestraft zu werden. Jemand wie er…

Die Geschichte wiederholte sich…

Über den Autor

Der Autor Ian Menj ist ein Mensch mit Vorder- und Hintergrund, wobei es nicht wichtig ist, ob diese "migrantisch" sind oder nicht. Es spielt auch keine Rolle, welcher Ethnie, Kultur oder Nation er angehört, denn diese sind mit Blick auf das Thema des vorliegenden Buches nebensächlich! Nur allein der Inhalt des Buches zählt. Die Herkunft des Autors soll davon nicht ablenken und dadurch einen unvoreingenommenen Blick gewährleisten.